Les Revenants

JEAN MOLLA

LA TENTATION
DE L'OMBRE

RAGEOT

Couverture de Vincent Dutrait

ISBN : 978-2-7002-3269-1

Pour Gaëlle, Anna, Ingrid, Thierry, Claire, Marie,
Olivier, Dany, Dominique, Laurence et Sébastien.
En souvenir de l'été 2006.

PROLOGUE

La maison était silencieuse, l'air étouffant.

Quentin posa son roman. Était-ce la fatigue, la tension ? Il lui semblait que les lignes se tordaient et s'entremêlaient sur la page comme un nœud de serpents. Se redressant, il attrapa la bouteille sur sa table de nuit et but à longues gorgées. L'eau était tiède et son arrière-goût ferrugineux lui tira une grimace. D'un geste fébrile, il essuya la sueur qui perlait à son front et consulta son réveil.

Minuit moins dix.

Cette attente lui pesait. Bientôt, il descendrait au laboratoire. Violaine désirait qu'il inspecte le visage gravé sur la pierre. Un changement d'aspect, même minime, serait le signe qu'Azael avait repris des forces. Il devrait également examiner la figure de protection tracée par Jacques Guernière, cinq cent soixante-six ans plus tôt, afin de savoir si elle était toujours en mesure de retenir le démon. Dans le cas contraire, ils tisseraient un nouveau sort afin de la réactiver.

Pour l'heure, tout était calme. Sa mère et Nicolas dormaient à poings fermés et sa promenade nocturne passerait inaperçue. Quentin se renfonça dans son oreiller et tendit la main vers son livre.

Son geste resta en suspens.

Un son avait brisé le silence. Un son infime, comme un murmure, un froissement étouffé par l'épaisseur des murs.

Intrigué, Quentin quitta son lit, entrouvrit la porte et dressa l'oreille. Le bruit se précisa. On aurait dit le bruissement des vagues lorsqu'elles viennent mourir sur le sable d'une plage. S'enhardissant, il gagna le couloir. Le son provenait de la bibliothèque octogonale.

Quentin s'en approcha à pas de loup. Il entendait à présent des clapotis épais, comme si un océan bourbeux s'agitait derrière le battant. Une odeur fade et métallique flottait dans l'air. Baissant les yeux, il constata qu'une flaque écarlate poissait le plancher. Soudain, la porte craqua et se fendit sur sa hauteur. Comprenant qu'elle était sur le point de céder, Quentin voulut fuir mais, avant qu'il n'ait eu le temps de tourner les talons, le bois vola en éclats et un flot de sang jaillit, éclaboussant les murs.

Pendant une fraction de seconde, le temps parut s'immobiliser puis, dans un furieux grondement, la vague gluante le balaya. Il exécuta des mouvements désordonnés, terrifié à l'idée de mourir noyé. La vague dévala les escaliers, traversa le couloir et s'engouffra par la porte de la cave. Incapable de résister au courant, Quentin fut ballotté jusqu'au laboratoire.

Un tourbillon écarlate s'était formé au-dessus de la pierre qui absorbait, goulue, cette marée sanglante.

Il avait beau se débattre, il savait que l'issue serait fatale : la pierre l'engloutirait. Au moment où son pied nu toucha la surface rugueuse, il sentit ses chairs se liquéfier.

Quentin, épouvanté, hurla. Sa bouche s'emplit de sang et son cri se perdit dans un horrible gargouillis.

Avant de perdre connaissance, il entrevit une face maléfique, celle d'un homme brun et laid, au visage en lame de couteau, qui ricana avant de s'exclamer :

— Tu vois, Jacques, j'ai fini par gagner !

CAUCHEMAR ET CHUCHOTEMENTS

Quentin se réveilla en sursaut et faillit tomber de son lit. Son front et son torse étaient trempés de sueur et il s'essuya nerveusement avec son drap.

– Pouah ! Quel rêve atroce !

La scène avait été si réaliste qu'il conservait en mémoire le fracas de la porte cédant sous le flot écarlate. L'odeur écœurante du sang emplissait ses narines et il lui semblait en sentir la saveur douceâtre sur la langue. Frissonnant, il jeta un coup d'œil au réveil qui indiquait une heure du matin.

– Moi qui voulais descendre vers minuit, c'est raté…

Il se leva et récupéra son jean roulé en boule sur le plancher avant de partir à la recherche de ses baskets qui, une fois de plus, avaient pris un malin plaisir à se réfugier dans un angle de la pièce. Tandis qu'il les laçait, il songea à la scène d'épouvante qu'il avait cru vivre. Compte tenu des circonstances, ce n'était pas surprenant qu'il ait fait cet horrible cauchemar !

En une journée, il avait appris qu'il était la réincarnation de Jacques Guernière, un sorcier brûlé vif au XVe siècle, ici, à Comberoumale, que leur voisine, Violaine de Varonnet, était une sorcière qui – soit dit en passant – l'avait aimé au cours de sa première vie et qu'elle allait gaillardement sur ses six cents ans...

De quoi être légèrement perturbé quand on est un adolescent normal !

Si l'on ajoutait que, dans la cave de la maison, une pierre assoiffée de sang humain retenait captif un démon nommé Azael et que Violaine soupçonnait son frère Nicolas d'être sous l'influence de cette créature, on avait un tableau assez complet des raisons qui expliquaient ce rêve réjouissant.

En conclusion, s'il avait raconté à qui que ce soit le quart de ce qu'il savait, on l'aurait interné sans délai !

À cette idée, Quentin passa une main fébrile dans ses cheveux. Depuis son retour de chez Violaine, il traversait des phases d'exaltation et de doute, se demandant s'il avait imaginé les événements des derniers jours. Se prenait-il pour le héros d'une de ces histoires délirantes qu'il avait eu tant de plaisir à écrire avant la mort de son père ?

Il sortit de sa poche la bague qu'il avait trouvée l'avant-veille sous l'écorce d'un chêne millénaire, guidé par la vision de trois étranges vieilles femmes, les Passeuses, et la glissa à son majeur. Les joyaux rouges qui l'ornaient étincelèrent et il éprouva une curieuse sensation, comme si les pierres se mettaient à pulser au rythme de son cœur.

Cet objet était réel, même si les circonstances dans lesquelles il l'avait découvert étaient invraisemblables. Mieux, il lui était familier et sa présence lui prouvait de manière irréfutable qu'il ne perdait pas la raison ! Curieusement, il n'avait pu retrouver trace de cette bague dans sa mémoire antérieure et Violaine lui avait assuré ne l'avoir jamais vue au doigt de Jacques Guernière. Pourquoi celui-ci l'avait-il dissimulée ? Pourquoi les Passeuses lui en avaient-elles indiqué la cachette ? Et si elle lui était destinée, en quoi lui serait-elle utile ? Autant de questions auxquelles il était incapable de répondre.

Quentin prit un tee-shirt dans l'armoire, l'enfila, s'accouda à la fenêtre et inspira profondément. L'air était tiède, humide, et exhalait des parfums d'herbe coupée. Dans le jardin, les bouleaux bruissaient. Coiffant le plus haut d'entre eux, la lune semblait en équilibre précaire, prête à basculer au moindre souffle de vent.

Quentin sourit. Quel bonheur ç'aurait été de partager avec sa mère et son frère ses aventures de la veille, de leur révéler ce que Violaine lui avait appris ! Comme il aurait aimé leur montrer ce dont il était capable à présent que les pouvoirs de Jacques Guernière étaient siens !

Il s'en était gardé. Le premier devoir d'un sorcier, lui avait rappelé Violaine, était la retenue. En conclusion, la soirée en famille avait été d'une reposante banalité et rien dans l'attitude de son frère ne l'avait alarmé. Violaine n'avait aucune raison de s'inquiéter. Bien sûr, Nicolas n'avait pas lâché un mot du repas mais il n'y avait pas trouvé motif d'inquiétude : depuis la mort de leur père il était coutumier de ces sautes d'humeur. Quant à sa mère, elle était fatiguée et avait bâillé tout au long du dîner. Sitôt la vaisselle lavée, elle était montée se coucher, suivie de Nicolas.

Quentin les avait imités. Par souci de discrétion, il avait décidé d'attendre qu'ils soient assoupis pour descendre dans le laboratoire. Il avait commencé un roman et, sans s'en rendre compte, s'était assoupi.

« Bizarre, quand même ! pensa-t-il. Je ne m'endors jamais si tôt. »

Il en était là de ses ruminations quand la lumière de sa lampe vacilla puis s'éteignit. Simultanément, un étrange vacarme lui parvint au travers des murs.

La maison résonnait de bruits semblables à des raclements de lames. Puis ce fut le son voilé d'un tambour qui s'éleva, battant avec la régularité d'un cœur. L'air s'était empli de chuchotements, comme si une foule s'était attroupée dans la pièce.

Quentin ouvrit la main. Son bâton y apparut et irradia aussitôt.

Dans la chambre, il n'y avait personne.

Sentant monter la panique, il gagna le couloir. Une nuit d'encre y régnait que la clarté de son bâton peina à dissiper. Il pressa l'interrupteur mais les plafonniers restèrent éteints. Les murmures devinrent plus sonores, presque agressifs. Quentin les ignora et visita les chambres de sa mère et de son frère. Elles étaient vides. Affolé, il cria :

— Violaine, j'ai besoin de toi !

Il espérait la voir apparaître mais elle ne répondit pas. Un charme très puissant brouillait son appel. Celui qui veillait dans la pierre avait retrouvé ses forces !

— C'est trop tôt ! gémit-il. Je ne suis pas prêt.

Dévalant les escaliers, il rejoignit le rez-de-chaussée.

— Maman ? Nico ? Où êtes-vous ? Répondez à la fin !

Sa voix se perdit dans la cacophonie ambiante. Il traversa le salon puis la cuisine sans rencontrer personne. Plus il approchait de la cave, plus les chuchotis s'intensifiaient. Il voulut ouvrir la porte. Elle résista, même lorsqu'il eut tourné la clé dans la serrure. Un sort la maintenait close.

La veille, Violaine lui avait assuré que le savoir et le pouvoir de Jacques étaient en lui. Quentin chercha dans sa mémoire antérieure le sortilège approprié et toucha la porte de son bâton.

Le battant pivota.

Aussitôt, une bouffée d'air tiède chargé d'odeurs aromatiques le fit suffoquer tandis qu'une rumeur affreuse emplissait ses oreilles.

Il surmonta sa répugnance et s'engagea dans l'escalier.

SACRIFICE

Dans la cave, un concert infernal l'attendait. Les murmures s'étaient transformés en voix caquetantes. Les murs, rouge sombre, étaient striés de veinules bleuâtres qui frémissaient, comme traversées par un fluide.

– C'est un tour de démon, lui souffla une voix, une illusion. Ignore-la !

Les battements étaient assourdissants et le sol vibrait sous ses pieds. Ils provenaient du laboratoire et Quentin eut la certitude que l'épicentre de ce phénomène, comme dans son rêve, se trouvait à l'emplacement de la pierre de sang.

Un rectangle clair se découpait sur le mur du fond. Il voulut avancer mais l'air devint aussi compact que de la gelée. Avant que l'étrange matière ne l'englue, il la fouetta de son bâton et dissipa le sort. Les voix autour de lui glapirent mais, sourd à leurs accents menaçants, Quentin courut vers le laboratoire. Quand il en franchit le seuil, il aperçut Nicolas torse nu au centre de la pièce. Il psalmodiait une incantation et, dans la main gauche, serrait le couteau que Jeanne lui avait offert.

Ébahi, Quentin aperçut sa mère agenouillée devant Nicolas. En dépit de ses yeux grands ouverts, elle semblait ne rien voir de la scène.

— Nico, hurla-t-il, tu es fou ! Arrête !

Son frère fit volte-face et son visage se convulsa. Il poussa un grognement, empoigna le bras de Jeanne et abattit sa lame sur son poignet. Le sang coula sur la pierre qui l'absorba comme une éponge.

Quentin poussa un cri d'horreur et commanda à l'hémorragie de s'interrompre. Il s'attendait à ce que son frère se jette sur lui. Ce dernier ferma les yeux, comme en extase, et libéra Jeanne qui roula en arrière et ne bougea plus.

Dans la cave, le vacarme cessa.

Alors, l'ombre parut.

Ce fut comme un serpent de brume suintant de la pierre. Quentin entraperçut un grouillement noirâtre, un pullulement de pattes griffues qui s'engouffra dans la bouche de Nicolas. Ses traits s'effacèrent, cédant la place au visage gravé sur la pierre : celui d'un homme laid, aux sourcils bruns et touffus, aux yeux diaboliques. Et puis, tout aussi soudainement, ils se diluèrent et Quentin reconnut la physionomie de son frère. Mais altérée.

Mauvaise.

Les yeux de Quentin allaient du corps recroquevillé de sa mère à Nicolas. Jeanne était blessée, heureusement sa vie n'était pas en danger. Quant à son frère… Il s'en voulut de n'avoir pas été plus clairvoyant. Les inquiétudes de Violaine étaient fondées ! Azael s'était emparé de l'esprit de Nicolas et l'avait expulsé de son corps. Où se trouvait-il à présent ?

Le démon lâcha le couteau qui rendit un son clair en touchant la pierre.

– Te voilà donc, Quentin. Ou devrais-je dire Jacques ? Tu arrives trop tard, une fois de plus ! Mais cette fois-ci, tu ne m'empêcheras pas de servir mon Maître jusqu'au bout. Hors de ma vue !

Les mâchoires de celui qui avait été Nicolas se distendirent et un essaim de mouches en jaillit. Les insectes fondirent sur Quentin, brouillant sa vue, et s'agglutinèrent sur sa bouche et ses narines. Suffoquant, il frappa le sol de son bâton. Une vague de lumière blanche déferla. Sous l'impact, les mouches furent projetées dans un angle de la pièce et tombèrent au sol, inertes. Touché à son tour, Azael heurta violemment le mur. Mais au lieu de s'effondrer, il rebondit comme une balle et s'évapora.

Les jambes flageolantes, Quentin inspecta les lieux. Azael avait disparu et sa mère gisait inconsciente. Sur la surface grêlée de la pierre de sang, il n'y avait plus trace du visage démoniaque.

Reprenant ses esprits, il lança à voix haute :

– Violaine, écoute-moi ! Azael s'est emparé de Nicolas ! Il a quitté la maison. Rattrape-le avant qu'il ne soit trop tard.

Devant lui, l'air fut parcouru d'un tremblement. La sorcière apparut, les traits décomposés. Elle détailla la scène et pinça les lèvres.

– Occupe-toi de Jeanne ! ordonna-t-elle.

Elle lui adressa un signe et s'évanouit. Quentin s'accroupit et observa sa mère. Elle était pâle mais elle respirait. Il allait la soulever quand il aperçut un carnet abandonné sur le sol. Il le ramassa, l'ouvrit et constata qu'il était couvert d'une écriture inconnue.

Troublé, il le glissa dans sa poche, fit basculer Jeanne sur ses épaules et remonta à grand-peine au rez-de-chaussée. Ensuite, il composa le numéro du Samu puis celui de la gendarmerie.

AZAEL

Nicolas parcourait à foulées souples les ruelles de la vieille ville, désertes à cette heure de la nuit. Sur son torse nu, la lumière des réverbères soulignait de noir le dessin des côtes. Il faisait chaud mais son front et ses joues étaient secs. Sous la longue mèche brune, ses yeux étincelaient.

– Comme c'est bon de retrouver un corps! s'exclama-t-il en accélérant l'allure.

La place des Échevins était vide, à l'exception d'un clochard qui dormait sur un carton, au pied d'un platane. Nicolas zigzagua entre les estrades dressées en prévision d'un concert et poursuivit sa course, coudes collés au corps. En quelques minutes, il atteignit l'esplanade des Tilleuls. Elle était bordée par un muret qui surplombait les murailles. Cinquante mètres de dénivelé avant le sol rocheux envahi par une végétation dense et emmêlée.

Il s'approcha du vide, s'appuya à la rambarde et contempla la vallée en contrebas. Sur le lacis obscur des routes, de minuscules points lumineux se déplaçaient au ralenti. À l'horizon, les lignes sombres des collines se confondaient avec le ciel nocturne.

– Azael!

Le démon tressaillit. Cette voix lui était familière mais il ne l'avait pas entendue depuis longtemps. Si longtemps. Elle avait donc survécu, comme il le souhaitait! Tout serait simple, désormais. Si simple...

Il se retourna et dévisagea celle qui l'avait interpellé. Elle était très âgée à présent mais son allure restait juvénile et les rides qui creusaient son visage n'avaient pas altéré sa beauté. Violaine était vêtue d'une robe de coton clair et les longs cheveux blancs qui flottaient sur ses épaules brillaient comme de l'argent. Dans sa main, elle serrait un bâton noueux couronné d'une médaille de bronze.

Les lèvres du garçon s'étirèrent, dévoilant ses dents blanches et aiguës. À cet instant, sa face se brouilla. Le visage d'un homme hideux apparut puis s'effaça aussitôt.

– Nicolas Daurevilly m'a fait l'amitié de m'accueillir en lui, déclara-t-il avec détachement.

La vieille femme blêmit. Imperturbable, le démon chercha ses yeux.

– Bien le bonjour, dame Violaine, voilà des siècles que nous nous sommes croisés! Quant à notre ami commun, Jacques Guernière, il n'a guère apprécié notre ultime et cuisante promenade!

Il exécuta une révérence moqueuse et l'ample mouvement de sa main dessina dans l'air une traînée de flammes. Elles se dissipèrent en dégageant une désagréable odeur de roussi. Violaine peinait à dissimuler son désarroi et ses doigts se crispèrent sur son bâton.

– Tu ne devrais pas avoir quitté la pierre! s'exclama-t-elle. Comment es-tu parvenu à envoûter Nicolas et qu'as-tu fait de lui?

– Permets-moi de garder mes secrets, gloussa Azael. Je ne te demande pas comment Jacques s'est réincarné, ni pourquoi tu es vivante après tant d'années. Tu me dois beaucoup, sais-tu ?

Violaine pâlit et secoua la tête, effarée par l'énormité de cette révélation.

– Ce don, poursuivit Azael, je te l'ai fait en parfaite connaissance de cause. Il était écrit que nous nous reverrions, nous sommes plus liés que tu ne l'imagines !

Un voile de sueur couvrit le front de la vieille femme. Azael, qui la couvait des yeux, éclata de rire.

– Tu hésites, n'est-ce pas ? Tu veux employer le haut sort dont Jacques Guernière a usé avec moi ? Quel goût du sacrifice ! Car tu n'ignores pas qu'il te faudra mourir pour que je regagne ma prison.

Son bras décrivit un geste circulaire en direction des maisons qui bordaient la place.

– Es-tu prête à sacrifier ton existence pour ces ingrats endormis ? Songe que leurs ancêtres ont jadis laissé mourir ton cher Jacques sans lever le petit doigt.

Son ton était dédaigneux. Sans lâcher Violaine du regard, il recula et grimpa sur le parapet.

« Il va disparaître, songea-t-elle, je n'ai plus le droit d'hésiter. »

Elle voulut tisser son sortilège mais, avant qu'elle n'ait eu le temps d'en prononcer le premier mot, Azael pointa l'index vers elle.

Une force titanesque arracha le bâton des mains de Violaine et l'envoya rouler à dix pas. Son adversaire la contempla avec mépris.

– Est-ce l'effet de l'âge ou de la peur, Violaine ? Je te croyais moins vulnérable.

Ignorant sa remarque elle ouvrit la main et son bâton revint s'y nicher, comme animé d'une vie propre. Azael ricana.

— Joli tour, sorcière, mais je n'ai pas le temps de te complimenter davantage. Ne t'inquiète pas, nous nous retrouverons car nous avons de grandes choses à accomplir ensemble. Pour l'instant, j'ai à faire ailleurs. On m'attend !

Azael écarta les bras et bascula en arrière. Il ne tomba pas. Son corps se dilata comme une baudruche et éclata en milliers de fragments étincelants.

Un bourdonnement emplit l'esplanade. Un essaim de mouches tourbillonna au-dessus de Violaine avant de glisser vers la vallée et de disparaître, gobé par la nuit.

— Pourquoi ne m'a-t-il pas tuée ? murmura-t-elle en ramassant son bâton.

Elle avança jusqu'au parapet et scruta les ténèbres. Où était Azael à présent et qui l'attendait ? Violaine sentit le désespoir la gagner. Tant qu'elle n'aurait pas retrouvé Nicolas et renvoyé ce démon dans la pierre, personne en ce monde ne connaîtrait la paix.

QUESTIONS SANS RÉPONSES

Les deux gendarmes arrivèrent rue des Bas-Fossés quelques minutes avant l'ambulance du Samu. Quentin leur ouvrit aussitôt et les conduisit au salon. Sa mère était allongée sur le canapé, les yeux clos, le teint cireux. Le brigadier Faraday s'agenouilla et entreprit de dénouer le bandage que Quentin avait serré sur l'avant-bras de Jeanne.

— C'est bien d'avoir pensé à faire un garrot, commenta-t-il, mais ce n'est plus guère pratiqué. Pour arrêter une hémorragie il est plutôt conseillé d'effectuer un point de compression.

La surprise le laissa coi.

En dépit de sa profondeur, la plaie qui balafrait le poignet de la victime ne saignait pas. Le gendarme Renoux, aussi étonné que son supérieur, ne put s'empêcher de poser sa main sur le cou de Jeanne, s'attendant à la trouver morte. Son pouls battait. Il fouilla dans la trousse de premiers secours et tendit à Faraday une compresse et un ruban de gaze. Par conscience professionnelle, le brigadier fit un pansement puis plaça la jeune femme en position latérale de sécurité. Pour le moment, il ne pouvait rien de plus.

Le garçon, immobile, semblait en état de choc. Le brigadier le prit par l'épaule et l'aida à s'asseoir dans un fauteuil. Il saisit une chaise et s'installa face à lui. Enfin, il sortit un carnet et un stylo de sa sacoche et demanda :

— Même si ce n'est pas facile, jeune homme, raconte-nous ce qui s'est passé.

Quentin acquiesça. Il lui fallait improviser une explication plausible. Le mieux était de coller au plus près à la réalité.

— Depuis la mort de mon père, commença-t-il d'une voix tremblante, mon frère ne va pas bien, et…

Il s'interrompit car ces mots réveillaient en lui de douloureux souvenirs. Le brigadier l'encouragea à poursuivre et griffonna sur son carnet.

♂

Les feux clignotants de l'ambulance incendiaient la nuit. Des voisins, attirés par le remue-ménage, s'étaient rassemblés devant la maison et commentaient les événements à voix basse. La chaleur était accablante et l'air saturé d'humidité. Les deux infirmiers glissèrent la civière dans l'habitacle et s'empressèrent autour de Jeanne.

— Elle s'en remettra ? interrogea Faraday en montrant la silhouette sanglée.

Le médecin urgentiste avec qui il avait souvent collaboré lorsqu'il était en garnison à Périgueux lui tapota l'épaule.

— Va rassurer son fils, elle est hors de danger. Pour une raison qui m'échappe, cette femme n'a quasiment pas perdu de sang et sa blessure ne suinte pas.

– Ça m'a étonné aussi, confirma le brigadier, et je me demandais si tu aurais une explication.

– Aucune pour l'instant ! s'exclama le médecin. Sa tension est bonne et son état général satisfaisant. On l'a perfusée, l'interne de garde va suturer les veines et la recoudre dès qu'on arrivera au CHU. Demain, elle sera sur pied. Dis-moi, qu'est-ce qui s'est passé exactement ?

Faraday souleva son képi et se gratta la tête.

– Eh bien c'est une drôle d'histoire ! D'après Quentin, madame Daurevilly a été agressée par son fils aîné, Nicolas, dans la cave de la maison qu'ils louent pour l'été. Je ne sais pas ce qu'ils fichaient là en pleine nuit ! Toujours est-il que Nicolas lui a tranché les veines du poignet. Quentin, qui a entendu des cris, est descendu et s'est interposé. Les deux garçons se sont battus et Nicolas a pris la fuite. Quentin a trouvé la force de porter sa mère jusqu'à l'étage. Ensuite, il vous a appelés avant de nous contacter. J'ai aussitôt demandé qu'un avis de recherche soit lancé.

Le médecin hocha la tête, impressionné par le récit du gendarme.

– Il est courageux, ce garçon ! Et l'autre, celui qui a disparu, il a des antécédents psychiatriques ?

– Je n'en sais rien, reconnut Faraday. On va enquêter. Selon son frère, il est dépressif depuis le décès de son père. Ça peut se comprendre, mais de là à commettre un tel acte… Est-ce que Quentin est en état de supporter un interrogatoire poussé ?

– À mon avis, oui. Je l'ai examiné et, bien qu'il soit choqué et préoccupé par la santé de sa mère, il tient le coup. Ce garçon m'a l'air de posséder une forte personnalité et d'être très équilibré. Est-il vraiment nécessaire de le questionner encore ?

Faraday inclina la tête.

— Oui. Peut-être lui reviendra-t-il en mémoire un détail qui nous aidera à comprendre le geste de son frère et à le retrouver.

Le médecin opina.

— Je te répète que je ne m'y oppose pas mais, par mesure de précaution, je préférerais que vous nous accompagniez au service des urgences. De toute façon, ce garçon ne voudra pas abandonner sa mère. Vous vous entretiendrez avec lui sur place et s'il craque, nous interviendrons.

— Entendu, répondit Faraday. On prend juste le temps de jeter un coup d'œil au lieu de l'agression et on vous rejoint. À tout de suite.

Le chauffeur ferma les portes arrière de l'ambulance. L'urgentiste adressa un signe de la main à Faraday et grimpa dans le véhicule qui s'éloigna aussitôt.

Le brigadier retourna dans la maison à la recherche de Renoux. Celui-ci attendait dans le salon en compagnie de Quentin. Une vieille dame aux longs cheveux blancs était assise à ses côtés.

Elle se leva et tendit la main à Faraday qui la prit, interloqué.

— Je suis Violaine de Varonnet, une amie de la famille. Quand j'ai entendu ce remue-ménage dans la rue, je suis venue voir ce qui se passait.

L'âge n'avait pas altéré la flamme joyeuse qui brillait dans ses yeux verts. Elle sourit avec douceur à Faraday qui, intimidé par sa prestance et son nom, lui rendit son sourire avant de se tourner vers Quentin.

— Nous allons examiner l'endroit où l'agression a eu lieu. Ensuite, nous te conduirons à l'hôpital de Périgueux. Tu pourras rester près de ta mère.

— Tu nous montres le chemin ? demanda Renoux.

Quentin les conduisit jusqu'à l'escalier qui menait à la cave. Faraday alluma la lumière et contempla les marches usées par d'innombrables passages.

— Veux-tu nous accompagner ?

— Non, je ne m'en sens pas la force. Je préfère rester ici avec Violaine.

Les deux gendarmes acquiescèrent. Après une descente qui leur sembla interminable, ils débouchèrent dans une vaste salle souterraine. Il y faisait agréablement frais. Un rectangle de lumière jaune se découpait sur le mur du fond.

Faraday tendit l'index.

— Au boulot ! C'est là-bas que ça s'est passé.

L'ENFER

Trois vieilles femmes aux longues chevelures font cercle autour d'un garçon mince et brun. Le vent brûlant fait voleter leurs tuniques. Il est recroquevillé sur un lit de sable rouge. Son visage est parcouru de tics et, sous ses paupières baissées, ses globes oculaires roulent, comme s'il était en proie à un cauchemar. Quand ses lèvres s'entrouvrent pour pousser un cri, il n'en sort qu'un souffle.

— Le petit humain est mal en point, ricane l'une des femmes. Et nous ne l'aiderons pas à quitter cet endroit.

— Non, nous ne l'aiderons pas, reprend sa sœur qui tient une pince entre ses doigts maigres. Et pourtant, il nous serait si facile de lui ouvrir un chemin.

— Il faut qu'il paie, ajoute la troisième, il faut qu'il souffre car il a conclu un pacte avec un démon et nous haïssons les démons.

— Oui, nous les haïssons, reprennent ses sœurs en chœur. Et pour cela, nous aiderons ses proches. Oui, nous les aiderons.

Leurs regards se portent sur l'horizon. À perte de vue, ce ne sont que des dunes écarlates figées sous une lumière rouge sang.

— Je n'aime pas ce désert, déclare celle qui tient une paire de ciseaux. Il est désespérément mort. Le petit humain va connaître des jours atroces ici. Azael lui a pris ses membres, ses yeux et sa voix. Certes, nous ne lui permettrons pas de partir. Ferons-nous preuve cependant de compassion à son égard ? Il est si jeune…

Ses sœurs, pensives, opinent. Elles se tiennent alors par la main et entament une lente ronde autour du corps prostré.

— Je lui rends la vue, déclare la première Passeuse.

— Je lui rends la voix, assure la deuxième.

— Et moi, ses bras et ses jambes, conclut la troisième. Il sera libre d'errer dans cet enfer et de méditer ses actes.

La Passeuse à l'aiguille se penche sur le garçon et effleure son front de son index.

— Sa mémoire est vacillante, constate-t-elle. Il ne sait plus qui il est.

— Il s'en souviendra, affirme la Passeuse aux ciseaux. Il s'en souviendra. Pour son malheur.

À cet instant, le garçon gémit et s'agite.

— Hâtons-nous, mes sœurs, ajoute-t-elle, il ne faut pas qu'il nous aperçoive !

D'un geste sec, elle fend le tissu du monde. En un clin d'œil, les trois femmes s'engouffrent dans la brèche et disparaissent.

Une rafale de vent ébouriffe la chevelure de Nicolas. Ses doigts se crispent sur le sable qui coule entre ses doigts.

Bientôt, il va s'éveiller.

HYPOTHÈSES

Dès que les pas des gendarmes se furent éloignés, Violaine serra les mains de Quentin dans les siennes.

— Je suis désolée, Quentin, j'ignore où Nicolas s'est rendu. Je l'ai rejoint sur l'esplanade des Tilleuls mais il est parvenu à m'échapper. Je dis Nicolas… je devrais plutôt l'appeler Azael.

Quentin, accablé, fixa le sol.

— C'est épouvantable, mon frère est devenu notre ennemi juré.

— Pas ton frère, le reprit Violaine avec douceur, Azael. Nicolas lui a abandonné son corps. Il n'est cependant pas mort. Son esprit est retenu quelque part. Si nous parvenons à renvoyer Azael dans la pierre, ton frère réintégrera son corps et redeviendra celui qu'il était.

— Et comment savoir où il se terre ? s'alarma Quentin.

Violaine secoua la tête.

— Cela, seul Azael en a connaissance. Je ne peux que te conseiller la patience. Crois-moi, nous le retrouverons.

— La patience, alors que Nico a disparu ! Tu imagines la réaction de ma mère quand elle se réveillera ?

Un silence pesant s'ensuivit.

— Azael t'a reconnue ? interrogea Quentin.

— Évidemment...

— Et tu n'as pas pu le retenir ?

Violaine hésita. Comment lui avouer sa peur au moment d'utiliser le sortilège qui lui aurait permis d'expulser Azael du corps de Nicolas ?

— Je n'en ai pas trouvé la force, lâcha-t-elle à contrecœur. Il en a profité pour m'arracher mon bâton sans que j'aie le temps de réagir.

— Ne t'excuse pas. Ce serait pire s'il était en toi. Il se servirait de tes pouvoirs pour...

— Il n'en a pas besoin ! l'interrompit-elle. Azael est plus puissant que jamais. D'ailleurs, je ne comprends pas comment il a échappé à sa prison. Personne ne s'est approché de la pierre depuis plus de cinq siècles et demi. Quand ton frère a blessé Jeanne, elle a perdu trop peu de sang pour permettre à Azael de reconstituer ses forces. Autre chose : il n'a pas tenté de m'éliminer lorsqu'il m'a privée de mon bâton. Pourquoi ?

— Ses pouvoirs étaient encore trop faibles, hasarda Quentin. Il venait juste de se libérer.

— C'est une hypothèse, reconnut Violaine, mais je n'y crois pas vraiment. Azael m'a paru très maître de lui. Il avait une autre raison, j'en suis persuadée.

— Tu crois qu'il est resté à Comberoumale ?

— Non, il est loin. Sois certain qu'il consacre déjà toute son énergie à retrouver la statue de Baalzébuth.

Elle tendit l'oreille en direction du couloir.

— Les deux gendarmes sont toujours dans la cave. Si tu en profitais pour me raconter ce qui s'est passé ?

INDICES MACABRES

Le brigadier Faraday glissa le couteau à la lame maculée de sang dans un sachet en plastique puis il désigna les milliers de mouches mortes entassées dans un angle de la pièce, près d'un fourneau.

– Comment tu expliques ça? demanda-t-il à Renoux qui arpentait le laboratoire en prenant des notes.

– Je n'explique rien. Pour qu'une telle quantité d'insectes soit rassemblée, il faut une raison. Mettons, une charogne. Ici, il n'y a que de la pierre.

Le brigadier marcha jusqu'aux bouches d'aération.

– Il faudrait sonder ces ouvertures pour voir s'il n'y a pas un animal mort coincé quelque part.

Joignant le geste à la parole, il enfonça sa main dans un des orifices et tâtonna prudemment. Ses doigts rencontrèrent une fourrure soyeuse.

– Nom de...

Faraday retira du conduit le cadavre d'un chat. Son subalterne se pencha avec dégoût sur la petite dépouille.

– Il a été égorgé. Et il n'y a pas longtemps, un ou deux jours au plus, vu son état de décomposition. Peut-être qu'au labo ils pourront savoir si la blessure a été infligée par le couteau qu'on a ramassé par terre.

Le gendarme examina attentivement le cadavre.

– Il n'y a pas un ver dessus. Étonnant avec toutes ces mouches !

Faraday opina. Il releva la tête et huma l'air.

– Tu ne trouves pas qu'il y a une drôle d'odeur ?

– Si, convint Renoux. La même odeur que dans un abattoir.

Faraday fit le tour des lieux, en quête d'un indice. À part les mouches mortes, la pièce était vide.

– Tu soupçonnes quoi ? demanda-t-il. Un tueur en série, des messes noires, des sacrifices humains ? Regarde, ce truc incite à imaginer le pire !

Il désignait la dalle au centre de la pièce. Elle était d'une vilaine couleur rougeâtre et sa surface, criblée de conduits minuscules, avait l'aspect d'un os sectionné. Un visage sculpté s'en détachait vaguement. Sur ses traits convulsés, on lisait une expression de terreur. Renoux émit un claquement de langue dubitatif.

– N'allons pas jusque-là. La maison est vide depuis la mort de monsieur Leplessis et son neveu Vincent, que je connais bien, ne vient pas souvent. Les Daurevilly se sont installés ici il y a moins d'une semaine. Comment auraient-ils eu le temps d'organiser quoi que ce soit ?

Renoux ôta son képi et s'en servit pour s'éventer.

– Ou alors on est tombés sur une sombre affaire de famille. Qu'est-ce qui lui est arrivé, au père ? Quentin a bien dit qu'il était mort il y a six mois ? Son décès a pu faire surgir des jalousies, des ressentiments. Si ça se trouve, il y a une histoire d'héritage là-dessous…

Le brigadier Faraday se gratta le menton.

— Mettons, mais ça me semble tiré par les cheveux !
Il y a un détail qui me chiffonne, marmonna-t-il.

— L'absence de sang, hein ?

Faraday hocha la tête.

— Exactement. Nulle part on n'en aperçoit la moindre trace. Il devrait y en avoir au moins quelques gouttes vu la blessure de la mère, non ? Allez, on file à l'hôpital de Périgueux. Quentin aura peut-être une explication à nous apporter.

Faraday fouilla dans la poche de sa veste et en ressortit un tube. Il se baissa et, à l'aide d'une clé, poussa une dizaine d'insectes dans le récipient qu'il referma avec soin.

— C'est pour le labo. On verra ce qu'ils en diront.

Il soupira.

— Décidément, cette histoire ne tient pas debout. Les Daurevilly ont certainement des choses à se reprocher ! Pour qu'un gamin craque à ce point, il faut qu'il ait une bonne raison.

Il s'interrompit, leva l'index vers le plafond et ajouta avec une assurance dont le comique involontaire n'échappa pas à son subalterne :

— Et cette raison, on va la découvrir !

— Ou pas… conclut Renoux en retenant un sourire.

L'enthousiasme de son supérieur était respectable, mais il ne se faisait guère d'illusions sur leurs capacités d'enquêteurs. À Comberoumale, la vie était agréable et paisible. Ça n'aidait pas à devenir des professionnels de l'investigation.

UN JOURNAL CODÉ

Rassemblant ses souvenirs, Quentin détailla les événements de la nuit jusqu'au moment où il avait déposé sa mère inconsciente sur le canapé du salon et alerté les secours.

– C'était inutile ! s'exclama Violaine. Tes pouvoirs te permettent de soigner Jeanne.

Quentin leva vers elle des yeux épuisés.

– Facile à dire ! Il y a vingt-quatre heures, j'étais un garçon sans problèmes, pas un chasseur de démons. D'accord, je me suis affolé ! Appeler le Samu et les gendarmes, c'est ce qu'aurait fait quelqu'un de normal, non ? J'ai eu peur pour ma mère et j'ai oublié le reste !

La vieille femme caressa son front.

– Tu as raison, Quentin. Pardonne-moi. Tu as agi avec courage et présence d'esprit. Jeanne est sauve, c'est l'essentiel.

– Alors on décide quoi, maintenant ?

Violaine s'adossa aux coussins et déclara avec un sourire qui se voulait confiant :

– On va retrouver Azael, ce qui ne sera pas une partie de plaisir ! Sois certain qu'il s'est mis en quête de la statue de Baalzébuth et qu'il essaiera de nous éliminer avant que nous nous dressions en travers de sa route. Nous devrons nous méfier à chaque instant. Quant à savoir où il est, à présent...

Le garçon poussa une exclamation.

— Au fait, j'ai découvert quelque chose qui pourrait nous aider !

Il se contorsionna pour tirer de son jean le carnet qu'il avait ramassé dans le laboratoire.

— D'où vient-il ? s'étonna Violaine.

— De la cave. Il a dû tomber de la poche de Nico quand il a heurté le mur. Ce qui est sûr, c'est qu'il ne lui appartient pas, je ne reconnais pas son écriture. Ne me demande pas où et comment il l'a découvert, s'il l'avait sur lui c'est qu'il est important.

Violaine le feuilleta et son visage s'éclaira.

— Étonnant ! C'est un journal tenu par l'ancien propriétaire de cette maison, monsieur Leplessis. Où ton frère a-t-il bien pu le dénicher ?

Elle s'absorba dans sa lecture de longues minutes et résuma pour son compagnon :

— Le début est sans intérêt mais la suite nous concerne. Monsieur Leplessis a remarqué que des chats s'introduisaient dans la maison en passant par un conduit extérieur. Il a supposé l'existence d'une chambre secrète et, après avoir percé le mur de la cave, il a découvert le laboratoire de Jacques. Là, il a trouvé ses grimoires, la pierre et n'a pas été long à en deviner l'origine. Azael a dû chercher à s'emparer de son esprit car on sent l'épouvante le gagner de jour en jour.

Violaine tourna les derniers feuillets du carnet et poussa une exclamation de surprise.

— Regarde, ces pages sont codées ! Qu'est-ce qu'il voulait cacher ?

Quentin se pencha. De son écriture minuscule, M. Leplessis avait noté de longues séries de chiffres. La sorcière émit un claquement de langue contrarié et rendit le carnet à son compagnon.

— Je m'y connais en langues anciennes et en formules magiques mais je n'ai aucune lumière sur la manière de déchiffrer les codes secrets. Et toi ?

Quentin secoua la tête.

— Moi non plus.

Il parcourut à plusieurs reprises la première ligne, tentant de découvrir une logique dans l'agencement des chiffres. Hélas, il avait beau réfléchir, rien de clair ne lui apparaissait, ils semblaient avoir été inscrits de manière aléatoire. La dernière page était vierge mais un infime détail attira son attention : une empreinte à peine visible creusait le papier dans l'angle supérieur gauche. M. Leplessis avait écrit un mot qu'il avait ensuite gommé ! Quentin courut chercher un crayon et le frotta délicatement sur le tracé. Le cœur battant, il lut : Polybe.

— Tu sais ce que ça veut dire ? demanda-t-il.

Violaine répéta :

— Polybe... Polybe... C'est un nom grec.

Un murmure de conversation leur parvint de la cuisine. Les deux gendarmes étaient remontés de la cave. Quentin empocha le carnet, se pencha vers Violaine et souffla :

— Parfait, il ne nous reste plus qu'à trouver qui est ce mystérieux Polybe !

APPARITION AU PÈRE-LACHAISE

Deux silhouettes remontèrent le chemin d'Ornano et s'accroupirent derrière une tombe. C'étaient un adolescent et une adolescente d'environ dix-sept ans, vêtus de jeans, de tee-shirts noirs et chaussés de baskets.

— On est assez loin de l'entrée pour marquer une pause, déclara la fille après avoir scruté les lieux.

Joignant le geste à la parole, elle s'allongea sans façon sur la dalle de marbre. La journée avait été caniculaire et la pierre était tiède.

— Hmmm, c'est délicieux, tu devrais essayer !

— Il y a un mort là-dessous ! murmura son compagnon outré.

— Et alors ? Je ne le dérange pas ! Si ça se trouve, il est ravi d'avoir de la compagnie... Allez, Simon, calme-toi. Aucun gardien ne nous a repérés. Tu vois, c'était une bonne idée d'éviter les avenues transversales !

Le garçon se contenta d'un haussement d'épaules et essuya son front dégoulinant de sueur.

La lumière blafarde de la lune ne parvenait pas à traverser l'épais feuillage des arbres qui bordaient les allées. À perte de vue, s'étendait une cité macabre, un alignement de croix, de caveaux et de chapelles à demi effacés par la nuit. Simon soupira.

Pourquoi avait-il accepté cette équipée nocturne au cimetière du Père-Lachaise ? Il avait fallu escalader un mur au risque de se faire surprendre par les passants, courir à l'aveuglette en évitant de se casser la figure, se cacher toutes les deux minutes de crainte qu'un gardien les aperçoive. De plus, n'importe quel illuminé pouvait se dissimuler dans un coin obscur et les agresser quand ils s'y attendraient le moins…

— Tu n'as pas peur, Anne ?

Il sursauta quand son amie alluma sa lampe qu'elle éteignit aussitôt, lui laissant apercevoir, une fraction de seconde, ses traits déformés par la lumière rasante.

— C'est malin, marmonna le garçon. Tu veux qu'on nous chope ?

— Non, mais je me demande pourquoi tu m'as posé cette question stupide ! répliqua sèchement la jeune fille. C'est toi qui as peur…

Elle s'assit sur la tombe et montra le cimetière.

— Avoue que c'est marrant de se promener au Père-Lachaise pendant que tes parents nous croient chez des copains. Et comme les miens ne reviendront des Maldives que dans deux semaines, je peux te dire que j'ai des montagnes de projets en réserve ! La prochaine fois, on visite les catacombes ! Je connais quelqu'un qui nous montrera par où passer. Ça va être géant !

Simon émit un grognement qu'Anne interpréta comme une approbation. « Les catacombes ! songea-t-il avec désespoir. Pourquoi pas la morgue tant qu'on y est ? »

Anne était fascinée par les cimetières, le spiritisme, la sorcellerie. Autant de sujets morbides qui plongeaient Simon dans un profond malaise. Elle avait repeint les murs de sa chambre en mauve et noir et y avait accroché des dessins et des gravures représentant des scènes de sabbat ou d'exorcisme. Elle y avait aussi entassé un bric-à-brac glané aux puces : grimoires, chaudron, mortiers et pilons, pentacles magiques, hochet de chaman. La pièce restait plongée dans la pénombre car Anne n'ouvrait jamais ses volets. La lumière provenait d'une lampe tamisée par un abat-jour rouge sang et des bougies de cire noire qu'elle achetait une fortune dans une boutique spécialisée du Marais.

Son père et sa mère, plus préoccupés par leur chaîne de vêtements que par leur fille, ne lui accordaient qu'une attention distraite et fort peu de temps. L'argent de poche dont ils étaient prodigues lui tenait lieu d'affection. Anne souffrait de leur indifférence. Personne ne lui demandait quoi que ce soit, sinon d'avoir des résultats corrects au lycée et de faire acte de présence quand les relations de ses parents dînaient à la maison. Elle devait alors jouer les jeunes filles bien élevées, s'habiller en conséquence, surveiller son vocabulaire et offrir un visage avenant pour la soirée.

Simon était tombé sous son charme en septembre, troublé par ses tenues gothiques et ses manières de sauvageonne. Par sa beauté aussi. Elle avait les cheveux mi-longs, noir corbeau, une silhouette mince et un visage étroit éclairé par de grands yeux bruns. Le jour de la rentrée, son arrivée n'était pas passée inaperçue.

Elle était venue au cours de maths vêtue d'un débardeur noir, d'une jupe noire ultracourte dévoilant ses jambes moulées dans des bas résille, et portait des chaussures aux semelles si épaisses qu'il s'était demandé comment elle réussissait à marcher sans tomber. Ses yeux étaient immenses, sombres, soulignés d'ébène et de mauve. Un collier de cuir orné d'une chauve-souris ceignait son cou et ses lèvres étaient aussi rouges que si elle les avait barbouillées de sang frais. Sur son épaule, un tatouage avait attiré son attention : une chauve-souris également, d'un noir profond qui tranchait sur sa peau laiteuse.

Interloqué, le prof avait feint de ne pas remarquer sa tenue excentrique et ses camarades l'avaient détaillée avec un œil critique. En revanche, elle avait provoqué chez Simon un élan incontrôlable. Dès le lendemain, il s'était évertué à devenir son intime, ce qui n'avait pas été facile car elle ne cherchait aucun contact avec les élèves de sa classe.

Pour lui plaire, il s'était intéressé à la sorcellerie, au satanisme et à d'autres sujets tout aussi extravagants. Il avait écouté des groupes de rock qui lui auraient cassé les oreilles un mois plus tôt et avait fréquenté les mêmes librairies ésotériques qu'elle. Enfin, il avait adopté son style vestimentaire, au grand désespoir de ses parents.

— Quelle direction on prend, maintenant ? demanda Simon à qui les frasques d'Anne pesaient de plus en plus.

— Par là, répondit-elle en désignant le chemin Errazu. D'après mon plan, on remonte tout droit, on prend le chemin Hainl, l'avenue Cail, on termine par l'avenue Delacroix et on emprunte le chemin Casariera. Là, on tourne sur la droite et on est arrivés !

La jeune fille bondit sur ses pieds et lui fit signe de le suivre.

– Doucement ! lança-t-il. Cette tombe attire plein de gens. Il faut qu'on soit prudents, les givrés, ça pullule ici !

Anne leva le pouce et pouffa.

– Géniale, ton analyse ! Au fait, tu me comptes parmi les givrés ou pas ? Sois sincère…

Comme Simon ne répondait pas, elle ajouta :

– Allez, ne t'inquiète pas ! On se contente de puiser un peu dans les bonnes énergies et on s'éclipse. Et puis, tu sais…

Elle dessina dans l'air une figure à cinq côtés.

– Avant que tu passes me chercher, j'ai invoqué les démons et je les ai priés de m'envoyer un signe. Avec un peu de chance, un revenant nous apparaîtra. Rappelle-toi, c'est sur la tombe du pape du spiritisme qu'on se rend !

Simon détourna la tête afin qu'elle ne voie pas son expression agacée. « Les bonnes énergies, les démons, les revenants… » Au début, il avait cru qu'Anne se donnait un genre mais, petit à petit, il s'était rendu compte qu'elle y croyait vraiment, à ces délires de messes noires et d'apparitions démoniaques. Il s'était résigné à les supporter, considérant que c'était le prix à payer pour conserver sa confiance.

Ils parcoururent les chemins et les avenues du cimetière en prenant garde à rester dans les zones d'ombre et arrivèrent rapidement devant la tombe d'Allan Kardec[1].

---

1. Kardec (Denisard Léon Hippolyte Rivail, dit Allan, 1804-1869), occultiste français et fondateur du spiritisme. Il est l'auteur du *Livre des médiums* (1861).

C'était un dolmen farfelu à l'intérieur duquel se trouvait le buste en bronze de celui que les occultistes considéraient comme le plus grand des spirites. Sur la table de pierre soutenue par quatre colonnes était gravé :

NAÎTRE MOURIR
RENAÎTRE ENCORE
ET PROGRESSER SANS CESSE
TELLE EST LA LOI

— Vaste programme ! commenta Simon pour essayer de détendre l'atmosphère. « Progresser sans cesse telle est la loi. » On croirait entendre le prof d'éco…

Anne ignora sa pauvre plaisanterie. Elle s'approcha de l'étrange édifice et entoura de ses bras l'un des piliers. Simon soupira et se retint de lui lancer : « Arrête ton cinéma, tu es ridicule ! » Son amie l'aurait planté là sur-le-champ.

Un bourdonnement attira son attention. Il se retourna. Un nuage de mouches tourbillonnait autour du mausolée. Simon s'en étonna car ces insectes ne sortent pas la nuit. Qu'est-ce qui les avait attirés ?

Le bourdonnement redoubla d'intensité. C'étaient à présent des milliers de mouches qui évoluaient au-dessus de leurs têtes. Inquiet, Simon s'approcha d'Anne et posa la main sur son épaule. Elle leva vers lui des yeux ensommeillés.

— Oui ?

— Regarde ! s'exclama-t-il. Il se passe un truc bizarre.

Les mouches s'étaient rassemblées en un essaim compact. Elles effleurèrent le sol puis effectuèrent un mouvement circulaire, adoptant la forme d'un cylindre noir et grouillant.

Simon poussa un cri d'angoisse quand une silhouette humaine se dessina au milieu de cet ignoble pullulement. Soudain, les insectes s'évanouirent et cédèrent la place à un garçon de leur âge. Il était torse nu et, sous sa chevelure emmêlée, ses yeux brillaient avec un éclat extraordinaire.

Le nouveau venu s'inclina cérémonieusement. Simon recula, terrifié, mais Anne répondit à son salut par une légère inclinaison du buste.

— Êtes-vous celui que j'ai appelé aujourd'hui ?

— Je suis son fils préféré, répondit le garçon, et je suis chargé de préparer sa venue. Appelez-moi Azael.

— On fiche le camp ! hurla Simon, saisi par une épouvantable terreur. Anne, il faut que…

Azael leva la main et Simon se pétrifia dans une pose grotesque, les mains tendues vers sa compagne.

— Ce garçon est bruyant et très agité, déclara le démon avec nonchalance. Un peu de silence nous fera le plus grand bien.

Il croisa les bras et observa la jeune fille. Anne soutint son regard. Elle n'avait pas peur. Mieux, elle éprouvait un immense sentiment de jubilation. Tout ce à quoi elle croyait était donc vrai !

— Bien plus vrai que tu ne l'imagines ! confirma Azael.

— Vous lisez dans mes pensées ? s'étonna-t-elle.

— Je peux me livrer à cet exercice et à beaucoup d'autres encore. Mais trêve de bavardages ! Souhaites-tu me faire allégeance ? Je te donnerai les pouvoirs dont tu as toujours rêvé.

— Et qu'exigerez-vous en échange ? demanda Anne sur un ton de défi. Mon âme ?

Un éclat de rire échappa à Azael.

— Ton âme ? C'est charmant mais tellement passé de mode. Conserve-la, ta chère âme ! Qu'en ferais-je, d'ailleurs ? Non, je ne veux que ton intelligence et ta fidélité.

Le démon claqua des doigts et Simon s'effondra sur le sol, libéré du charme qui l'avait pétrifié. Il se releva en titubant comme un homme ivre. Azael le désigna du menton.

— Que peut-on espérer de ce garçon ?

Anne sourit, dévoilant ses canines blanches et aiguës.

— Pour moi, il serait capable de mordre.

— Fort bien, se réjouit Azael, car il aura sous peu un gibier de choix à se mettre sous la dent !

DEUX PUITS OBSCURS

La lumière blafarde des néons accusait les traces de fatigue sur le visage de Quentin. À travers la vitre du bureau que l'interne de garde avait mis à la disposition du brigadier Faraday, il apercevait le ballet des infirmières et des brancardiers.

Quentin était inquiet. Certes, sa mère était hors de danger, il était intervenu assez tôt pour éviter le pire. En revanche, un envoûtement était une épreuve dont les conséquences pouvaient être gravissimes pour un esprit humain. Avec un peu de chance, elle ne subirait aucune séquelle et ne se souviendrait de rien à son réveil.

Voilà presque une heure que Faraday et lui se trouvaient au service des urgences. Le gendarme Renoux les avait abandonnés pour retourner à Comberoumale où les recherches concernant Nicolas battaient leur plein. Quentin savait qu'elles ne conduiraient nulle part. Azael n'était pas un fuyard qu'un dispositif policier était en mesure d'arrêter.

— Après t'être battu avec ton frère, de quoi te souviens-tu ? lui demanda une nouvelle fois Faraday. T'a-t-il dit quelque chose qui expliquerait son comportement ?

– Non ! s'emporta Quentin. Ça fait dix fois que je vous le répète. Nicolas m'a bousculé, je suis tombé et il s'est sauvé. J'ai posé un garrot de fortune à ma mère, je l'ai portée au rez-de-chaussée et j'ai appelé le Samu puis la gendarmerie !

– D'accord, d'accord. Ne t'énerve pas !

Le brigadier leva les mains en signe d'apaisement. Rien de ce que lui avait raconté ce garçon ne permettait d'imaginer une quelconque affaire crapuleuse. Il ne s'était pas contredit une seule fois. Le fichier des accidentés de la route avait confirmé la mort naturelle de M. Daurevilly dans un carambolage, six mois plus tôt. La seule explication sérieuse était que Nicolas avait succombé à une crise de démence. Démence consécutive à une dépression larvée depuis le décès de son père.

– Pardonne-moi d'insister, Quentin, mais il faut qu'on retrouve ton frère au plus vite. Il est dangereux pour lui comme pour les autres. Dans ce genre d'affaire, le moindre détail est d'une importance capitale. Avez-vous de la famille, des amis qui pourraient le cacher ?

– Non, je vous assure, et si je savais où il est, je vous le dirais.

Faraday hésita.

– Une dernière chose. Nous avons retrouvé un chat mort dans un des conduits de la pièce où Nicolas a agressé ta mère…

– Un chat mort ! s'exclama Quentin.

– Oui. Égorgé il y a deux jours au plus. Étais-tu au courant ?

L'adolescent secoua la tête.

– Non ! C'est horrible. Vous pensez que c'est Nicolas qui l'a tué ?

— Nous n'en savons rien, reconnut le brigadier. L'examen des blessures permettra sans doute d'indiquer si c'est la même lame qui a blessé ta mère et tué le chat.

Quentin était livide. Il prit sa tête entre ses mains.

— Et les mouches mortes ? interrogea à brûle-pourpoint le brigadier.

— Quelles mouches mortes ?

Le garçon le regardait, ébahi. Il avait l'air sincère. Peut-être ne les avait-il pas remarquées, pensa Faraday. Après tout, ces bestioles étaient rassemblées dans un coin sombre de la pièce. Un coup frappé à la porte l'arracha à ses réflexions. Le médecin de garde entra.

— Excusez-moi de vous déranger, brigadier, mais madame Daurevilly a repris connaissance et réclame son fils.

Quentin bondit sur ses pieds.

— Comment va-t-elle ?

— Aussi bien que possible après une telle aventure, jeune homme ! C'est un miracle ! Une plaie de cette profondeur aurait dû saigner abondamment mais pour une raison que je m'explique mal, ça n'a pas été le cas. Votre mère a déclenché une vasoconstriction naturelle des vaisseaux, comme les yogis la pratiquent, paraît-il. En clair, ils se sont resserrés et ont interrompu l'hémorragie. Des phénomènes pareils, on en constate un ou deux dans sa carrière.

— Voilà pourquoi nous n'avons pas trouvé de sang dans la cave ! s'exclama le brigadier.

Le médecin hocha la tête.

— L'interne qui a pratiqué les sutures n'a jamais vu ça non plus. À peine les sutures terminées, la circulation s'est rétablie comme si de rien n'était !

— Je peux interroger madame Daurevilly ?

— Il faudra attendre, elle est encore faible et ne se souvient de rien. Je vous propose plutôt de laisser Quentin quelques minutes avec elle.

Le médecin emprunta le couloir et les conduisit jusqu'à une chambre. Quentin entra et referma la porte derrière lui tandis que les deux hommes patientaient dans le couloir. Jeanne était étendue sur un lit. Une perfusion était fixée à la saignée de son bras droit et un pansement protégeait son poignet gauche. Des fils disparaissaient sous sa chemise de nuit et trois séries de bips réguliers, provenant d'appareils placés au-dessus de son lit, rythmaient le silence. Comme il se penchait pour l'embrasser, Jeanne souleva ses paupières.

Quentin retint un cri. À la place de ses yeux, s'ouvraient deux puits obscurs.

LE DÉSERT ÉCARLATE

Enfin, il s'éveille…

Il n'est plus qu'une frêle étincelle de conscience qui s'efforce de se souvenir.

Qui est-il? Où est-il? Et pourquoi est-il là?

Il ouvre les yeux. Autour de lui s'étend un désert de sable rouge. Rouge sang.

Pas de soleil, mais une lumière mate, qui baigne uniformément le paysage, jusqu'à l'horizon écarlate. Un vent dont il ne perçoit pas le souffle soulève des tourbillons de poussière.

Il est allongé. Voudrait-il bouger qu'il ne le pourrait pas. Son corps est ankylosé, d'une pesanteur de pierre.

Il ne se résigne pas et lutte.

« Bouge! Remue-toi! »

Enfin, après ce qui lui semble être une éternité, il parvient à se lever et fait quelques pas. Il se sent lourd. Quand il porte sa main à la hauteur de ses yeux, il constate que sa peau, aussi rouge que le sable, est criblée de conduits minuscules.

Une terreur panique le saisit qui menace d'éparpiller ce qui lui reste de lucidité.

Est-il fou ? Est-il mort ? Est-ce cela, l'enfer ?

On l'a dépossédé. De sa vie. De son passé.

Au prix d'un effort démesuré, il recouvre son calme.

De sa mémoire en miettes, émerge un prénom.

Nicolas.

C'est une première victoire. Il faut maintenant qu'il se remémore comment il est arrivé dans cet endroit. S'il le comprend, peut-être pourra-t-il en sortir.

Un kaléidoscope de souvenirs tourne dans sa mémoire. Des images fuient et reviennent soudain, éblouissantes et douloureuses. Son père, sa mère, son frère. La pierre dans la cave. Sa blessure. Ce pacte avec Celui-qui-veille.

Azael !

Azael l'a trompé ! Azael l'a conduit à commettre le pire ! Par sa faute, il s'est attaqué à sa mère. Par sa faute, il a versé son sang.

L'horreur, la honte, la peur, le submergent.

Nicolas tombe à genoux et éclate en sanglots.

POSSESSION

Jeanne ricana. La chambre s'effaça, cédant la place à un immense boyau aux parois molles, agitées de frémissements répugnants. À sa droite, la porte découpait un rectangle incongru. Effrayé, Quentin recula et commanda à son bâton d'apparaître. Il aperçut, à travers le verre dépoli, les silhouettes des deux hommes qui l'avaient accompagné. Leurs voix lui parvenaient, assourdies.

D'un geste, le sorcier condamna l'ouverture afin de prévenir toute intrusion importune et tissa rapidement un sort afin qu'aucun son ne la traverse.

— On n'est jamais trop prudent, n'est-ce pas ? Et ces pauvres humains sont si impressionnables.

Sa mère avait parlé d'une voix grave et sifflante. Elle s'assit et le fixa de ses orbites vides. Jeanne était possédée ! Azael avait permis à un démon de la posséder !

— Tu joues une partie trop difficile pour toi, sorcier, poursuivit-elle. Mais peut-être devrais-je t'appeler Jacques ?

Quentin sentit son sang se glacer. Comment cette créature savait-elle ce que lui ne savait que depuis la veille ? Un rire strident lui répondit.

– Ne sois pas surpris, mon Maître sait tant de choses ! Azael et toi êtes liés. N'avez-vous pas partagé le même corps, il y a fort longtemps, jusqu'à ce que les flammes mettent un terme à vos épousailles ?

Comme Quentin restait muet, le démon reprit :

– Tu n'es pas de force à te mesurer à nous ! Voilà des siècles, tu y as laissé la vie. Est-ce encore ce que tu désires ?

– Pour te renvoyer d'où tu viens, je n'hésiterai pas ! Mais puisque tu sais mon nom, dis-moi le tien !

La bouche de Jeanne se contracta. Horrifié, Quentin vit ses lèvres se déformer, adoptant la forme de crochets monstrueux. Quand elle parla à nouveau, sa voix était hachée, mêlée d'insupportables cliquètements.

– On m'appelle Lamastu !

Dans un ignoble grouillement de pattes, le démon repoussa le drap et sauta au bas du lit. Quentin retint un cri de dégoût devant l'immonde métamorphose. La moitié inférieure du corps de sa mère s'était distendue et ressemblait à une outre flasque et pâle. Quatre paires de pattes partaient de son thorax chitineux, hérissé de poils noirs et raides.

Lamastu fit claquer ses crochets et se rua en avant. Quentin s'évanouit et réapparut dans un angle de la pièce. D'un geste, il érigea un bouclier lumineux entre le monstre et lui.

– Cette apparence est ridicule ! lança-t-il. Tu ne peux me menacer sous cette forme.

– C'est exact, répondit le démon. Peut-être celle-ci te conviendra-t-elle davantage ?

Le corps de l'araignée géante se brouilla. À sa place, se dressait une silhouette de femme voilée. Ses membres étaient d'une effrayante maigreur et ses bras, terminés par des couteaux effilés, battaient une mesure inquiétante. Elle bondit, tailla en pièces le rempart lumineux qu'avait édifié Quentin et voulut lacérer son visage.

Il leva son bâton. Les lames tranchantes se plantèrent dans le bois qui vibra sous le choc et y causèrent deux vilaines entailles. Quentin recula, frappé d'un soudain accès de faiblesse. Encore quelques coups de cette force et son bâton céderait, perdant ses propriétés magiques.

Lamastu opéra un mouvement circulaire, le couvant de ses yeux absents. Quentin aurait pu la réduire en cendres mais ç'aurait été supprimer sa mère. Il évita de justesse un des couteaux, exécuta une roulade et se redressa.

La haute silhouette vacilla. Ses voiles se brouillèrent et s'évanouirent. Jeanne offrait désormais à Quentin l'image de la mort, telle qu'on la représente sur les peintures médiévales. La vue du corps livide et décharné lui arracha un cri de désespoir. Le démon jouait avec ses peurs. Il salissait l'image de sa mère, la transformait en vision d'épouvante. Dans un hideux raclement de métal, Lamastu aiguisa ses couteaux l'un contre l'autre et écarta les bras.

Plutôt que de fuir son adversaire, Quentin se jeta sur lui. Surpris, le démon n'eut pas le temps d'abattre ses lames. Le garçon glissa sa main entre ses côtes et la referma sur une créature gigotante qui s'agrippa à ses doigts en glapissant, lui infligeant de cuisantes morsures. Surmontant la douleur, Quentin bondit en arrière, arrachant Lamastu au corps de sa mère.

La longue silhouette frissonna et un éclat subit brilla dans ses orbites. Quentin n'eut pas le temps de s'en réjouir. Épouvanté, il sentit que le démon essayait de se frayer un passage à travers ses chairs pour gagner l'intérieur de son corps. D'un mouvement sec du poignet, il le lança à terre et pointa son bâton. Le minuscule corps griffu se contorsionna avec rage quand une cage flamboyante l'emprisonna.

À cet instant, on frappa à la porte et la voix du médecin demanda :

— Peut-on entrer ?

Quentin regarda autour de lui. Le cauchemar avait pris fin. La pièce avait retrouvé son aspect initial et sa mère était allongée dans son lit. Luttant contre l'épuisement, il fit disparaître la cage, son bâton puis leva le sort qui tenait la porte fermée.

— Oui, bien sûr !

Le médecin pénétra dans la chambre. D'un œil exercé, il consulta les chiffres qui s'affichaient sur les moniteurs. Le brigadier Faraday, resté sur le seuil, l'observait sans mot dire.

— Elle m'a à peine parlé et s'est rendormie, balbutia Quentin.

— C'est normal après ce qu'elle a subi, assura le médecin. Demain, elle sera sur pied et pourra rentrer chez vous. Il n'y a aucune raison de s'inquiéter.

— C'est vrai, reconnut l'adolescent avec un sourire las. Il n'y a plus aucune raison de s'inquiéter…

PACTES ET POUVOIRS

Anne tendit la main et s'amusa à rendre ses chairs translucides.

— Regarde, c'est marrant, on voit mes os !

— Arrête ça ! lui ordonna Simon.

La jeune fille lui coula un regard provocateur.

— Pourquoi ? C'est la vision de mon squelette qui te fait rougir ? Je ne te savais pas si pudique !

Le jour se levait et les quais de la Seine étaient déserts. Anne y avait entraîné son compagnon pour une flânerie matinale. Elle ne pouvait dormir tant elle était excitée par les événements de la nuit.

Après leur avoir expliqué la mission qui lui incombait, Azael leur avait offert de sceller un pacte avec lui, en échange de facultés surhumaines. Anne avait accepté avec enthousiasme. Simon, le visage fermé, avait juré à son tour. Tout sourire, le démon leur avait alors demandé de s'agenouiller devant lui et avait posé ses mains sur leurs têtes. Ils avaient éprouvé une brève sensation de brûlure qui s'était effacée aussitôt et l'un et l'autre avaient su, dans la seconde, de quoi ils étaient désormais capables.

Anne avec jubilation, Simon avec effarement.

— Les pouvoirs dont je vous fais don, avait expliqué Azael, vous appartiennent définitivement et je ne pourrai vous les reprendre, quand bien même je le voudrais. Pour qu'ils disparaissent, il faudrait que je disparaisse.

Il avait ricané.

— Ce qui n'est pas à l'ordre du jour ! En revanche, avait-il précisé sur un ton moins amène, j'attends de vous une loyauté sans faille. Et aucune pitié pour ceux qui se dresseront sur notre route !

Les deux adolescents avaient acquiescé.

— Autre chose, j'ai besoin d'un ordinateur et d'une connexion à Internet.

— Pas de soucis, avait répondu Anne, surprise par une telle demande, vous pourrez utiliser les miens. Que comptez-vous en faire ?

— Ça, ma chère, c'est mon affaire !

Un essaim de mouches avait brouillé sa vue et le démon s'était évanoui.

Simon contempla les flots gris crêtés d'écume puis suivit le vol d'une mouette qui descendait le fleuve en poussant des cris mélancoliques. Pourquoi n'était-il pas fou de joie, lui non plus ? Il sentait son corps empli d'une vigueur qu'il n'avait jamais possédée. D'un bond, il aurait pu franchir les dix mètres qui séparaient le quai de la rue. Il le savait, sans avoir besoin d'essayer.

L'adolescent pâlot et maladif était désormais capable de damer le pion au champion du monde du saut en longueur.

Sans forcer.

Il se pencha, arracha un anneau de métal fiché dans le sol et le jeta à l'eau où il s'enfonça en projetant une gerbe d'éclaboussures. Simon sourit. Il aurait pu aussi en remontrer au champion du monde d'haltérophilie ou de lutte gréco-romaine !

— Tu vois que tu y prends goût ! s'amusa sa compagne. On a du mal à s'arrêter quand on commence.

— Justement, c'est ce qui me gêne. Azael ne nous a pas donné ces pouvoirs pour nous divertir ou par amour de l'humanité ! Il nous a achetés parce qu'il a besoin de nous.

— Bien sûr qu'il a besoin de nous ! répondit Anne. Et nous de lui !

— Moi, je n'ai pas besoin de lui. J'ai accepté sa proposition pour rester avec toi, nuance !

Ses yeux étincelaient de colère. Agacée, Anne éprouva l'envie de l'abandonner à sa mauvaise humeur et de rentrer chez elle. Pour une fois qu'il se passait des événements extraordinaires dans son existence, il fallait que Simon gâche tout.

— Mais qu'est-ce qui ne va pas à la fin ?

Simon la regarda, incrédule.

— C'est toi qui me demandes ça ? Tu trouves normal d'être enrôlé au beau milieu d'un cimetière par un démon sorti de nulle part ? Tu trouves normal de devenir invisible ou d'arracher un morceau de ferraille planté dans la pierre comme s'il était enfoncé dans une motte de beurre ?

— Eh bien moi, ça me va ! s'enthousiasma-t-elle. Ça me va parfaitement. Ça n'a même jamais été aussi bien !

Elle s'assit au bord du quai et laissa pendre ses jambes dans le vide.

— C'était quoi, ma vie, jusqu'à aujourd'hui ? Des parents trop occupés pour me consacrer un centième de leur temps, des cours ennuyeux, des camarades de classe insipides. Les seules choses qui me faisaient vibrer, c'étaient le satanisme et la magie noire. Mais bon, il ne se passait pas grand-chose au quotidien !

Un pli soucieux apparut sur le front de Simon.

— Tu oublies juste que le satanisme, c'est le culte du diable. Et que le diable, jusqu'à preuve du contraire, c'est le mal. Tu sais ce qui arrive à ceux qui passent des pactes avec lui ? Tes fameux bouquins ne te l'ont pas appris ?

Anne baissa la tête et une ombre ternit son visage.

— Au Moyen-Âge peut-être, mais de nos jours, ce n'est plus le cas. Pour moi, Satan c'est la liberté, le refus des conventions, la fantaisie ! Le bien, le mal, ce n'est pas si clair que ça.

— Tu te trompes ! répliqua Simon. Tu te trompes royalement. C'est pour ça que je reste avec toi, pour t'éviter de commettre des actes que tu regretteras.

Anne lui lança un regard méprisant.

— Je n'ai pas besoin d'une nounou !

— Non, mais d'un ami fidèle, sûrement ! Réponds à cette question : qu'est-ce qu'Azael attend de nous ?

— Tu l'as entendu comme moi. On va l'aider à retrouver la statue de son maître, Baalzébuth, et à préparer sa venue. On va se battre contre des sorciers, ça va être génial !

— Et ça sera quoi, un monde gouverné par ton Baalzébuth, tu peux me le dire ?

— Oh, répondit Anne en levant les yeux au ciel, ce ne sera pas pire que celui qu'on connaît, avec les dictatures, les guerres, les génocides, les attentats, la pollution, le réchauffement de la planète, l'extinction programmée de la moitié des espèces vivantes, le pillage des matières premières, les pandémies... Tu veux que je continue ma liste ? On va faire le grand ménage ! La révolution !

— Tu mélanges tout ! Finalement, tu ne vaux pas mieux que mes copains qui passent leurs journées sur des jeux vidéo débiles à tirer sur tout ce qui bouge.

— Qu'est-ce que t'as contre les jeux vidéo, mon pote ?

Les deux adolescents se retournèrent. Cinq garçons d'une vingtaine d'années s'étaient approchés sans bruit et les dévisageaient avec un air goguenard. Ils ne s'étaient visiblement pas couchés de la nuit et sentaient l'alcool.

— Quand on est avec une jolie fille, on lui parle pas de jeux vidéo ! déclara l'un d'eux, un grand type en jogging, un bonnet informe enfoncé jusqu'aux sourcils.

— Ah bon, interrogea Anne, on lui parle de quoi, à la fille, de choses délicates et poétiques ? Ça n'a pas l'air d'être votre rayon, les gars...

Sa voix était si tranchante que les nouveaux venus s'entreregardèrent d'un air étonné. En général, leurs victimes filaient droit, domptées par la peur.

— Si j'étais vous, je ne la chercherais pas trop, dit Simon avec un flegme qui les déconcerta. Elle est de mauvaise humeur, ce matin. Quant à moi, quand on m'énerve, je mords.

— Tu te prends pour qui, espèce de morveux ? explosa le plus petit des cinq. On va te filer la raclée de ta vie !

Un autre tendit l'index vers Anne qui venait d'éclater de rire et ajouta :

— Toi, la pouffe, fais pas ta maligne, on va régler son compte à ton copain et après on s'occupe de toi !

— J'ai bien entendu ? demanda Anne en se tournant vers Simon. Il m'a traitée de pouffe ?

Simon se gratta le menton.

— Je crois que oui, mais...

Il ne termina pas sa phrase. Son amie se releva si vite que leurs interlocuteurs n'eurent pas le temps d'esquisser un mouvement. Elle se déplaçait avec la grâce d'une danseuse et distribua coups de poing et de pied avec impartialité. Huit secondes plus tard ses adversaires, pour autant qu'on puisse employer ce mot, gisaient à terre, geignant, se tenant le nez, les côtes ou l'estomac.

Anne les considéra avec dédain puis elle lança à Simon :

— Tu viens ? L'exercice m'a ouvert l'appétit. J'ai envie d'un chocolat chaud et d'une montagne de croissants.

Celui-ci observa à son tour leurs agresseurs médusés.

— Dans le fond, admit-il, tu as peut-être raison. Ça a du bon de pactiser avec les démons.

RÊVE DE PIERRE

Il est seul. Désespérément seul.

Il marche, sans savoir où le conduisent ses pas. Le vent du désert le cingle. Sous ses dents, le sable craque et crisse. Depuis quand est-il là ? Une heure ? Un an ? Mille ans ?

Ici, le temps n'existe pas et chaque dune est semblable à la précédente.

Écarlate, éclaboussée de lumière sanglante.

Sera-ce cela sa vie désormais ? Avancer pour ne pas devenir fou ? Répéter les mêmes gestes pour l'éternité et ressasser les mêmes regrets ?

Il aimerait avoir soif, avoir faim, avoir mal. Tout plutôt que cette absence de sensation, ce rêve de pierre dans lequel il est piégé et dont rien ne le fera sortir.

Sa mémoire est hantée de visions d'horreur. Le lézard, le chat, le couteau. Le sang.

Azael.

Sa mère.

Comment a-t-il osé ? Comment la douleur d'avoir perdu son père s'est-elle muée à ce point en haine ?

Comment a-t-il pu croire les paroles du démon et lui faire don de son corps ?

S'il pouvait pleurer… S'il pouvait sentir les larmes rouler sur ses joues…

Trouver l'apaisement. Et des bras dans lesquels se blottir.

Nicolas se laisse tomber à genoux et se recroqueville. Le vent emplit ses oreilles d'une rumeur obsédante. Ne plus bouger. Se laisser aller. Disparaître.

Soudain, il se redresse et frappe de ses poings fermés le sable qui gicle et s'envole, balayé par une bourrasque.

Il faut qu'on l'aide. Il faut qu'on l'entende.

— Maman ! Quentin ! hurle-t-il. Où êtes-vous ?

APPEL

Jeanne Daurevilly somnolait sur une chaise longue, à l'ombre du bosquet de bouleaux. Un bruissement aussi frais qu'un murmure de ruisseau montait du feuillage qu'un vent doux agitait. Il n'était qu'onze heures du matin mais la chaleur était pesante. Elle entrouvrit les paupières, laissant filtrer la lumière jusqu'à ses yeux las. En dépit du drame des jours précédents elle se sentait mieux. Et la nature à Comberoumale était si belle !

Pris de frénésie, Quentin avait décidé de tondre l'herbe que les pluies des derniers jours avaient aidée à reverdir. Jouant avec les différentes hauteurs de coupe de la tondeuse, son fils, fidèle à son tempérament fantaisiste, avait dessiné de magnifiques figures géométriques sur la pelouse. Ainsi, elle se trouvait allongée au centre d'une élégante étoile à six branches entourée d'un cercle.

Machinalement, elle massa son poignet gauche qu'un bandage recouvrait. Au moins, sa cicatrisation avait été spectaculaire, car pour le reste...

Depuis deux jours, Nicolas avait disparu sans laisser de traces et son inquiétude ne connaissait pas de répit. Les recherches menées par la police et la gendarmerie n'avaient donné aucun résultat, comme si son fils s'était évaporé. Personne ne l'avait vu quitter Comberoumale, ni aperçu sur les routes qui rayonnaient autour de la vieille cité. Les puits, les étangs, les cours d'eau avait été sondés. Les maisons, les caves, les jardins fouillés. Des avis avaient été placardés dans les gares, les supermarchés, les mairies, des appels lancés à la radio, à la télévision.

Sans succès.

Jeanne ne comprenait pas davantage pourquoi Nicolas l'avait agressée de manière aussi barbare.

— Peut-être me rend-il responsable de la mort de son père, avait-elle confié au psychiatre venu s'entretenir avec elle dans sa chambre d'hôpital.

Celui-ci avait essayé de la rassurer. Il avait évoqué les difficultés liées à l'adolescence, insistant sur l'évolution du caractère de Nicolas depuis la disparition de son père, sur sa probable dépression larvée, sans que Jeanne parvienne à se délivrer de son sentiment de culpabilité.

Il ne faisait nul doute, pourtant, que son fils avait commis une série d'actes répréhensibles. Les gendarmes avaient découvert un lézard décapité dans les conduits d'aération du laboratoire, et le couteau qui avait servi à tuer le chat et le reptile était le même que celui utilisé par Nicolas pour la blesser.

Le brigadier Faraday, très présent les premiers jours, avait espacé ses visites. L'enquête piétinait. Les prélèvements d'insectes effectués dans le laboratoire n'étaient guère probants. Les mouches mortes appartenaient à l'espèce *Musca domestica*, répandue dans le monde entier. Leur présence était étrange mais ne fournissait aucune piste sérieuse aux enquêteurs. Enfin, Nicolas n'avait pas laissé de message permettant d'expliquer son geste, pas plus qu'il ne s'était manifesté après sa disparition.

Ni lettre, ni appel téléphonique.

Le plus étonnant était que Jeanne ne parvenait pas à se souvenir de l'agression. Des scènes délirantes qui auraient fait la joie de Quentin ne cessaient de la hanter. Elle se voyait en araignée monstrueuse, en squelette armé de lames acérées, menaçant son fils cadet.

Elle frissonna et se demanda si son inconscient ne jouait pas à lui montrer, à travers ces visions, la mère qu'elle n'avait jamais souhaité être. Une mère qui aurait empêché ses enfants de vivre. Elle s'en était ouverte au psychiatre. Il avait accueilli ses commentaires avec un sourire et l'avait mise en garde contre les interprétations hâtives.

Des larmes perlèrent aux coins de ses yeux. Pourquoi le sort s'acharnait-il sur elle depuis six mois? D'abord Marc. Nicolas maintenant. Elle tenta de chasser ces pensées funèbres. Nicolas n'était pas mort et il avait besoin d'elle! Il fallait qu'elle soit forte, prête à accueillir et à aider son aîné quand on le retrouverait.

L'image de son fils s'imposa dans son esprit, si vive, si précise, qu'elle mordit ses lèvres et commença à pleurer en silence.

Les vitres de la grande bâtisse flamboyaient sous les rayons du soleil. À travers ses larmes, Jeanne distingua la silhouette de Quentin dans l'encadrement d'une fenêtre. Par chance, il était solide et avait manifesté, face aux épreuves, une maturité exceptionnelle.

Quant à leur voisine, Mme de Varonnet, elle ne ménageait pas ses efforts pour les soutenir. C'était une femme de cœur et sa présence la réconfortait.

Elle ferma les yeux et s'efforça de respirer profondément. Ç'aurait été si bon de se réveiller et de se rendre compte que tout n'avait été qu'un horrible cauchemar.

— *Maman ! Quentin ! Où êtes-vous ?*

Jeanne se redressa, alarmée. C'était la voix de Nicolas ! Un tremblement incoercible la gagna quand elle constata qu'il n'y avait personne autour d'elle. Pourtant, elle en était certaine, elle l'avait entendu ! Ce n'était pas un rêve, ni une hallucination. Son fils réclamait son aide. Elle le savait. Chacune des fibres de son corps le savait et rien ni personne ne l'en ferait démordre.

— Ne t'inquiète pas, mon Nicolas, sanglota-t-elle. Où que tu sois, je te retrouverai.

LE CARRÉ DE POLYBE

Accoudée à l'appui de la fenêtre, Violaine observait Jeanne. La jeune femme était étendue à l'ombre des bouleaux.

— Ta mère se remet doucement. Elle ne conserve aucun souvenir du passage de Lamastu en elle. Tu t'es montré digne de Jacques, Quentin, ce démon n'était pas le premier venu. Qui plus est, j'adore ça…

Amusée, la sorcière désigna la figure qu'il avait tracée dans la pelouse.

— Très tendance, ta manière de réinterpréter la magie venue du fond des âges. Quelle inventivité! Jamais je n'y aurais pensé.

Quentin la rejoignit et contempla son œuvre, le visage grave.

— J'ai passé une partie de la nuit et toute la matinée à protéger la maison. Au moins, ni Azael ni ses alliés ne pourront menacer maman.

Depuis que Jeanne était revenue de Périgueux, Quentin redoutait une nouvelle agression d'Azael. Ses craintes s'étaient révélées sans fondement car il ne s'était pas manifesté. L'échec de Lamastu avait prouvé au démon que Quentin était un adversaire à sa mesure.

De son côté, Violaine était restée cloîtrée chez elle, usant de tous les sorts possibles pour localiser Azael. Quentin avait eu la joie de l'entendre sonner à la porte quelques minutes auparavant. Son amie n'était hélas pas porteuse de nouvelles susceptibles de les rassurer. Leur adversaire n'avait laissé aucune trace qui permette de le retrouver.

— À ton avis, qu'est-ce qu'il trame ? demanda Quentin.

— Il y a deux possibilités, répondit la sorcière. Soit il s'est mis en quête de la statue de Baalzébuth, soit il recrute.

— Il recrute ?

— Façon de dire. Souviens-toi de ce qu'Azael avait annoncé à Habram. Sa mission est d'enrôler de gré ou de force des milliers d'adeptes par toute la terre. À l'heure dite, ils devront écrire le nom de son Maître. Chacune des lettres tracées servira de repère à Baalzébuth, un peu comme les balises qui guident un avion. Alors, le Seigneur des Mouches trouvera son chemin parmi les mondes intermédiaires. Abreuvée du sang d'une femme prédestinée à ce sacrifice, sa statue s'animera et il s'incarnera. Viendront alors son avènement, son royaume éternel et la fin de ce monde…

— Il suffit donc d'être patient ? ironisa Quentin. Parfait, si on entend parler d'une nouvelle secte d'adorateurs du démon, on fonce, on les carbonise et on sauve l'humanité !

Dans les yeux de Violaine, une lueur inquiète brillait.

— J'aimerais que ce soit aussi simple. Azael est redoutable. Sois certain qu'il agira dans la discrétion absolue. En réalité, nous ne devons pas attendre qu'il se manifeste, nous devons mettre la main sur cette statue avant lui et tenter de la détruire ou de la dissimuler.

– Tu as une idée de l'endroit où chercher ?

– Pas la moindre ! Et ce n'est pas faute d'avoir sillonné le globe pendant plus de cinq siècles.

– Et cette femme qu'il doit sacrifier ? Cette femme prédestinée. Où va-t-il la trouver ? Isaha, la fille d'Habram, est morte depuis des millénaires.

– Je l'ignore, reconnut Violaine. Beaucoup de choses m'échappent.

Elle prit la main de Quentin et la serra. Il ne se formalisait plus de ces marques de familiarité. Et puis, comment voir en Violaine une personne âgée, tant elle était bouillonnante d'énergie ? Pour peu qu'il ferme les yeux, il n'avait guère de difficulté à imaginer tenir les doigts de l'adolescente qu'elle avait été.

C'était étrange. Cette femme avait aimé Jacques alors qu'il était beaucoup plus âgé qu'elle. Et maintenant, c'était elle qui lui rendait plusieurs siècles ! Quels pouvaient être ses sentiments à son égard après tant de temps ? Il découvrait avec Violaine une complicité qu'il n'avait jamais connue avec quiconque et vivre cette aventure avec elle était une expérience enivrante, même si la disparition de Nicolas et les traumatismes qu'avait subis sa mère obscurcissaient ces moments d'enthousiasme.

– En venant, reprit-elle, je songeais au carnet que tu m'as montré et au code utilisé sur les dernières pages. As-tu eu le temps d'y réfléchir ?

Quentin s'empourpra.

– Non ! Depuis que maman est rentrée, je n'ai pensé qu'à rendre la maison sûre. Viens avec moi, je connais un moyen simple et rapide d'avoir la réponse !

Quentin entra dans la chambre de Nicolas et alluma son ordinateur qu'il connecta à Internet. Ensuite, il lança un moteur de recherche et tapa « Polybe ». Il cliqua sur le premier lien, lut la page qui s'afficha et poussa une exclamation de joie.

— Écoute, Violaine, c'est enfantin ! Polybe est un historien grec né vers 200 avant J.-C. Il est à l'origine d'une méthode très efficace pour chiffrer les textes. Pour cela, il disposait les lettres dans un tableau de cinq cases sur cinq.

Un clic de souris et le tableau s'afficha sur l'écran.

	1	2	3	4	5
1	A	B	C	D	E
2	F	G	H	I/J	K
3	L	M	N	O	P
4	Q	R	S	T	U
5	V	W	X	Y	Z

Quentin jubilait.

— Il suffisait de remplacer chaque lettre par ses coordonnées dans le tableau, en écrivant d'abord la ligne, puis la colonne. Par exemple, le A était remplacé par 11, le B par 12, le T par 44, le M par 32.

— Ces instruments me dépassent ! murmura Violaine en contemplant l'ordinateur. Imagine ce qu'un sorcier ou un démon pourraient en faire si…

— On n'en est pas là ! En tout cas, déchiffrer ces deux pages est un jeu d'enfant. Je te dicte les chiffres et tu écris les lettres correspondantes.

Quinze minutes plus tard, Violaine était en mesure de lui lire le texte suivant :

— 3 septembre

Je suis conscient que le code que j'emploie résisterait quelques minutes au plus à un spécialiste de cryptographie. J'utilise cette précaution au cas où la femme de ménage ou un visiteur indélicat le trouverait. Dans les jours qui viennent, j'irai chercher le garçon qui m'a aidé à ouvrir le mur de la cave et je lui demanderai de le remettre en état.

J'espère que bientôt mes cauchemars auront pris fin et que j'aurai recouvré la sérénité et le sommeil. Ce qui veille dans les profondeurs de cette maison doit rester ignoré à jamais.

J'ai acquis la certitude que la pierre encastrée dans le sol du laboratoire est celle à laquelle Gilles de Rais fait allusion dans un des interrogatoires dont la teneur n'a jamais été communiquée au public et que j'ai retrouvé aux archives de Nantes.

Si tel est le cas, le mystérieux Jacques de Villeneuve, que Gilles de Rais accusait de lui avoir dérobé cette pierre, pourrait être Jacques Guernière, l'ancien propriétaire de cette maison, qui fut brûlé pour sorcellerie au XVe siècle.

Dans un moment de sincère contrition, Gilles de Rais avait avoué à ses juges que cette pierre, à laquelle il avait sacrifié de nombreux enfants, n'était qu'une étape dans l'avènement d'un démon nommé Baalzébuth, avènement qu'il n'avait pu permettre car il lui manquait une pièce maîtresse : une statue de ce démon. Il avait également avoué que pour le convoquer, il aurait fallu lui sacrifier sa propre fille, ce qui avait provoqué un mouvement d'horreur parmi les magistrats présents.

Dans ce même interrogatoire, ce grand seigneur évoque brièvement un objet très précieux, acheté en avril 1440 aux descendants de deux Templiers et caché en son château de Tiffauges. Il s'est ensuite rétracté et, jusqu'à sa mort, a toujours prétendu que son esprit s'était égaré lors de ce dernier aveu et qu'il l'avait confondu avec sa première acquisition, la pierre de sang, ce que ses juges crurent volontiers, compte tenu de son état d'égarement au moment du procès.

Selon moi, Gilles de Rais a menti. Qu'avait-il acquis ? Un parchemin indiquant l'emplacement de la statue de Baalzébuth ? La statue elle-même, ce qui me semble moins probable ? La réponse réside à Tiffauges.

J'ai désormais accumulé assez de documentation pour être en mesure d'écrire un article qui ferait date dans le milieu des médiévistes et relancerait les recherches archéologiques sur le site de Tiffauges. Je m'en abstiendrai. J'ai le devoir de taire ce que j'ai découvert et de murer la salle où est enfermée la pierre. Enfin, je boucherai le conduit par lequel les chats s'introduisent. Il ne faut plus que quiconque soit en mesure d'y accéder.

Violaine plia la feuille et la glissa dans le carnet. Son regard était songeur.

— Le malheureux est mort avant d'avoir mené son entreprise à terme. Il a rédigé ce texte un 3 septembre. Je me souviens que la femme de ménage a découvert son corps au matin du 4. Le médecin a conclu à une crise cardiaque. Je pense qu'il faut plutôt y voir l'œuvre d'Azael.

— Ce qui est extraordinaire, remarqua Quentin, c'est que l'on retrouve une fois de plus le nom de Gilles de Rais ! Son destin semble lié au nôtre...

— Plutôt à celui de la pierre. Ce fou criminel était devenu l'instrument de puissances qui le dépassaient. En tout cas, ta découverte nous ouvre de nouvelles perspectives ! Il faut aller à Tiffauges sans délai. Ce que j'espère, c'est qu'Azael n'a pas abandonné ce journal à dessein et qu'il ne nous tend pas un piège. Crois-tu qu'il a décrypté ce texte ?

— Je n'en sais rien, avoua Quentin, mais si nous y sommes parvenus, il n'y a aucune raison pour qu'il n'en ait pas été capable. C'est en tout cas une hypothèse à ne pas négliger !

La sorcière lui rendit le carnet.

— Elle ne me dit rien qui vaille.

Quentin éteignit l'ordinateur. À cet instant, un gargouillis sonore monta de son ventre. Violaine éclata de rire.

— Tu meurs de faim ! Je vais descendre saluer Jeanne en prenant garde à ne pas piétiner ta magnifique figure de protection. Ensuite, je vous invite à déjeuner. Nous nous installerons sur la terrasse et, par la magie d'un savoureux repas, je la convaincrai de te laisser m'accompagner à Tiffauges !

La sorcière lui posa un baiser sur la joue et sortit. Quentin sourit. Combattre des démons assoiffés de sang humain était une épreuve. Persuader sa mère de le laisser partir en compagnie de Violaine, alors qu'ils étaient sans nouvelles de son frère, en serait une autre.

Bien plus délicate.

UNE SÉDUISANTE RENCONTRE

Violaine gara la voiture au pied de la forteresse en ruine et coupa le contact.

— On est arrivés !

Quentin observa la rivière qui serpentait en contrebas puis, à sa gauche, les courtines de pierre grise et les tours massives tavelées de roux. Des bouquets d'herbe poussaient entre les moellons. Il essaya de retrouver les souvenirs de sa première visite à Tiffauges mais n'y parvint pas. Le passé de Jacques ne lui appartenait plus.

« Tant mieux ! » songea-t-il. Il aurait été embarrassé de sentir cohabiter en lui deux personnalités distinctes ! Eliphas le lui avait écrit sans équivoque : « Tu seras un autre qui aura été toi. Tes pouvoirs, ton savoir, tu les posséderas toujours, mais pas ta personnalité. Jacques Guernière sera mort, mais quelque chose de lui survivra, envers et contre tout. » Réalité vertigineuse qu'il lui fallait admettre chaque matin au réveil.

Violaine désigna le château.

— Dès hier, j'ai tissé un sort d'alarme autour de Tiffauges. Si Azael s'en était approché, je l'aurais su.

— Pourquoi n'est-il pas venu, selon toi ? interrogea Quentin. Tu ne trouves pas ça bizarre ? Il a tout à gagner en nous devançant.

— J'en suis réduite aux hypothèses, concéda la sorcière. Soit il n'a pas déchiffré le journal, soit il pense que Tiffauges n'est pas une piste valable, soit, comme je le redoute, il a manigancé un piège dans lequel il nous faudra éviter de tomber. Dis, tu ne regrettes pas de m'avoir accompagnée ?

Quentin leva les yeux au ciel.

— Tu plaisantes ?

À son grand étonnement, Jeanne n'avait élevé aucune objection quand Violaine avait proposé de l'emmener pour quelques jours de vacances.

— Inutile qu'il reste ici à tourner en rond en attendant le retour de Nicolas, avait-elle expliqué en posant devant eux de somptueuses pêches Melba nappées de crème chantilly. Je vous propose de lui faire découvrir la Vendée et ses châteaux pendant un jour ou deux.

Jeanne avait trouvé l'idée excellente et Quentin s'était demandé si, outre ses talents de cuisinière, Violaine n'avait pas facilité la décision de sa mère en utilisant un charme approprié. La veille au soir, son oncle et sa tante étaient arrivés à Comberoumale afin de tenir compagnie à Jeanne et dès l'aube, Violaine et lui avaient pris la direction de l'autoroute A10 afin de rejoindre Tiffauges.

☿

La vieille femme attrapa son sac à main, un sachet contenant le pique-nique et quitta le véhicule. Quentin l'imita. Il avait les jambes raides et s'étira avec volupté.

– Pourquoi n'a-t-on pas utilisé la magie pour venir jusqu'ici ? s'étonna-t-il. Ç'aurait été plus rapide, non ?

– As-tu déjà oublié que la magie n'est pas un jeu ? Elle consomme beaucoup d'énergie et laisse des traces pour qui sait voir. Nous déplacer comme de simples humains est encore le meilleur moyen afin qu'Azael ne nous remarque pas. Allons, regarde comme c'est beau, même s'il s'est déroulé ici des choses effroyables !

La citadelle s'élevait sur un promontoire rocheux cerné par deux rivières, la Sèvre et la Crûme. Dans la vallée, en contrebas, c'était un damier de prés bocagers et de boqueteaux. Un raidillon conduisait à la tour-porte qui constituait l'accès principal au château. Sans plus attendre, ils l'empruntèrent et se joignirent à la foule des touristes qui montait visiter les lieux.

Bien qu'en piteux état, l'entrée ne manquait pas de charme. Un étendard bleu semé de fleurs de lys et orné d'un blason égayait son sommet ébréché. Après avoir acheté leurs billets et pris un fascicule de présentation, ils pénétrèrent dans l'enceinte. Le donjon où Gilles de Rais avait tenu ses quartiers était en ruine, comme tranché à mi-hauteur par une lame géante. Quant à la chapelle qui se dressait sur sa gauche, il n'en subsistait que le portail en ogive.

Quentin entraîna Violaine à l'écart des visiteurs.

– J'imaginais qu'on trouverait un édifice en meilleur état. Tu as une idée de l'endroit où on doit chercher ? C'est immense. D'après le dépliant, la citadelle occupe trois hectares.

Violaine observa les bâtiments dévastés par le temps. Sur un des murs, à cinq ou six mètres de hauteur, une cheminée était suspendue, avec ses deux piliers ronds et sa plaque noircie.

– À mon avis, le plus logique est de localiser la crypte dans laquelle Gilles conservait la pierre de sang. Il est fort probable que c'est là qu'il a caché l'objet dont il a parlé à ses juges. On reviendra ce soir quand il n'y aura plus personne.

– Et si on ne trouve rien ?

Le soleil était éblouissant. Violaine ouvrit son sac et en sortit une paire de lunettes noires qu'elle posa sur son nez.

– J'y ai songé ! Dans ce cas, il nous reste une dernière solution.

– Laquelle ? interrogea Quentin.

– La nécromancie...

En dépit de la chaleur, le garçon sentit comme un vent glacial balayer la cour. Il regarda sa compagne avec anxiété.

– Mais, tu ne veux pas...

– Tu m'as bien comprise ! Si nous ne découvrons pas la crypte et ce qu'elle contient, nous appellerons l'esprit de Gilles de Rais afin qu'il nous mette sur la voie.

Deux enfants passèrent en riant à côté de Quentin qui ne les remarqua pas, abasourdi par la décision de Violaine. Non qu'invoquer un mort fût une opération hors de leur portée. Dans un coin de sa mémoire antérieure, le sortilège approprié était consigné avec précision. Il s'agissait cependant d'une opération d'une extrême gravité à laquelle les sorciers ne se livraient pas volontiers. On ne dérangeait pas les morts impunément, surtout un personnage de la stature de Gilles de Rais.

– C'était un homme mauvais, murmura Quentin. Il tentera de nous tromper ou de nous diviser.

– J'en suis consciente mais j'accepte d'en prendre le risque !

Son visage était impassible toutefois Quentin décela, dans la crispation de sa mâchoire, une réelle appréhension.

– Allez, on va déjeuner, je suis certaine que tu meurs de faim. Ensuite – Violaine désigna les vacanciers qui se déplaçaient en petits groupes sur l'esplanade – on fera comme eux. Du tourisme !

Ils s'installèrent sur un carré de pelouse, à l'ombre d'un chêne, non loin du donjon. Quentin examina la plaquette d'information qu'il avait trouvée à l'entrée. Un plan du château y était représenté.

– Commençons par chercher du côté de la chapelle Saint-Vincent, proposa-t-il. La crypte est intacte. Je suis certain que c'est par là qu'on doit passer.

À une cinquantaine de mètres, le portail de l'ancien édifice se découpait sur le ciel bleu, semblable à un décor de théâtre. Violaine hocha la tête.

– Je pense que tu as raison mais notre tâche reste loin d'être simple. Même avec nos pouvoirs, il est impossible de repérer une salle souterraine à travers plusieurs mètres de terre et de roche.

Elle tapota l'herbe rase et ajouta :

– Si on avait des repères précis, une carte, un plan, que sais-je encore ? Dis, tu m'écoutes ?

Son compagnon s'était laissé distraire par l'arrivée d'une fille et d'un garçon de son âge. Ils s'étaient installés pour déjeuner non loin d'eux et étaient vêtus à l'identique de vêtements noirs très élégants. Quentin supposa qu'ils étaient frère et sœur, tant ils avaient un air de parenté. Le garçon était de taille moyenne, châtain, mince et pâle, l'air réservé. La fille, très jolie, avait un visage délicat sous une chevelure brune et ébouriffée. Elle jeta à Quentin un sourire si lumineux qu'il en fut troublé. Il le lui rendit en rougissant et détourna la tête.

Violaine considéra à son tour les arrivants.

— Charmante, cette fille, non ? lança-t-elle sur un ton enjoué. Tu dois lui plaire, on dirait qu'elle fait tout pour attirer ton attention.

Quentin marmonna une réponse maladroite et s'absorba dans la contemplation de son sandwich. Derrière la remarque allègre, il avait perçu une pointe de jalousie. À la gêne succéda l'étonnement. Comment admettre que cette femme qui aurait pu être sa très lointaine aïeule soit jalouse d'une inconnue de dix-sept ans ?

— Tu te demandes comment je compose avec ma vie, avec mes sentiments ? interrogea Violaine.

Mal à l'aise, il acquiesça.

— Ne t'inquiète pas, ajouta-t-elle d'une voix si basse qu'il dut se pencher pour l'entendre. Je n'oublie ni qui tu es ni que près de six cents ans nous séparent. Mais les sorcières ne sont pas mieux armées que les autres pour affronter les situations extraordinaires. Je suis heureuse que tu sois revenu, même si tu es un autre. Grâce à toi, les projets d'Azael seront mis en échec, j'en ai la conviction. Il te redoute car tu étais et tu restes un immense sorcier.

Elle serra son avant-bras et se leva.

— J'ai besoin de marcher.

Avant qu'il ait le temps de protester, Violaine s'éloigna vers un enclos ceint de barricades de bois où l'on apercevait des trébuchets, des balistes et des catapultes. Lorsque Quentin tourna la tête, il croisa le regard de la jeune fille. Comme si elle n'avait attendu que le départ de Violaine pour lui adresser la parole, elle se leva et vint à lui.

— Bonjour, on s'est déjà rencontrés, non ?

— Je ne crois pas, balbutia Quentin, interloqué par cette entrée en matière abrupte.

— C'est drôle, je l'aurais juré ! Ton visage me rappelle quelqu'un, poursuivit la fille en s'agenouillant près de lui. Je suis au lycée Fénelon, à Paris.

Un parfum fruité monta aux narines de Quentin, lui donnant le tournis. C'est fou ce que cette fille était séduisante. Elle le regardait si intensément qu'il finit par baisser les yeux.

— Alors, tu as peut-être rencontré mon frère, Nicolas Daurevilly, concéda-t-il, on se ressemble un peu. Il a passé son bac à Fénelon, cette année.

Elle hocha la tête avec un air ravi.

— Nicolas ? Tu penses si je le connais ! Donc, toi, tu es Quentin, celui qui écrit des romans. Il m'a souvent parlé de toi.

Quentin, trop embarrassé pour répondre, se contenta d'un vague signe de tête. La jeune fille, très à son aise, désigna la silhouette de Violaine.

— Tu es en vacances avec ta grand-mère ?

Le ton moqueur de la question ne lui échappa pas.

— Non, c'est une amie de ma famille, s'empressa-t-il de dire. On visite la région…

— Vous devez vous éclater tous les deux, ironisa-t-elle, accroissant l'embarras de Quentin. Bon, je ne vais pas te déranger plus longtemps.

— Mais tu ne me déranges pas, bafouilla-t-il à court d'arguments.

Elle lui sourit, parcourut quelques mètres et se retourna, comme mue par un soudain regret.

— Au fait, laisse-moi une adresse ou un numéro de téléphone, ça me ferait plaisir de te revoir. Je suis sûre qu'on aurait des tas de trucs à se raconter.

Quentin se sentit fondre. C'était la première fois qu'une fille lui parlait de cette manière et si sa mère lui répétait qu'il était devenu un garçon séduisant, il avait conservé ses réflexes d'adolescent mal dans sa peau.

Palpant ses poches, il dénicha un morceau de papier sur lequel il griffonna son e-mail. Il le donna à la jeune fille qui le plia et le glissa dans une des poches de sa veste.

— Au fait, je ne me suis pas présentée. Je m'appelle Anne et mon frère, là-bas, c'est Simon.

Elle s'était approchée à le toucher et son parfum entêtant lui tournait la tête. Elle inclina la tête et mordilla son index.

— Moi, je ne me présente pas puisque tu me connais déjà. Je suis content de t'avoir rencontrée.

Il se tut, ne sachant quoi ajouter, et la contempla avec ravissement. Cette fille dégageait un mélange de force et de douceur qui le subjuguait.

— Jolie, ta bague, dit-elle en désignant le majeur de Quentin. Tu l'as trouvée où ?

— C'est un souvenir de mon grand-père, mentit-il. Elle est en toc mais j'y tiens.

La jeune fille montra le collier qui cerclait son cou.

— Comme ma chauve-souris. Elle ne vaut rien pourtant je l'adore. Allez, on s'embrasse. C'est quand même plus sympa que de se serrer la main !

Et sans attendre sa réponse, elle posa ses lèvres sur sa joue tandis que sa main se plaquait sur sa tête et fourrageait dans ses cheveux avec une délicieuse rudesse.

Redoutant que Violaine ne les surprenne, Quentin se dégagea précipitamment et poussa un cri d'étonnement quand quelques cheveux s'arrachèrent de son crâne et restèrent dans la main qu'Anne n'avait pas eu le temps de desserrer.

— Excuse-moi. Je t'ai fait mal? interrogea-t-elle avec une expression embarrassée.

Quentin s'empourpra et haussa les épaules.

— Non, ce n'est rien.

Elle tendit les doigts et effleura sa joue.

— Pardonne-moi. J'espère qu'on se reverra. Tu es à croquer…

Le cœur de Quentin fit une embardée et il se demanda si Anne se moquait de lui ou si elle était sincère.

— Je… j'espère aussi, répondit-il, en bredouillant d'émotion.

La jeune fille paraissait beaucoup s'amuser de son teint cramoisi. Elle éclata de rire.

— Si on est deux à le souhaiter, fais-moi confiance, il y a de grandes chances qu'on y parvienne!

PRISONNIER

Nicolas n'a ni faim ni soif, pas plus qu'il n'a chaud.
Pourtant, le vent soulève sans relâche des tourbillons
de sable qu'il devine brûlants. Ils le cinglent avec
une telle violence qu'il devrait en sentir la morsure
sur sa peau. Ses paupières devraient être meurtries,
ses yeux le brûler.

Il n'éprouve rien.

Le sable glisse sur son corps comme s'il n'existait
pas. Même la souffrance physique lui est interdite.
Même les larmes. Il est condamné à vivre un présent
éternel, privé des sensations les plus élémentaires.
Celles qui vous confirment que vous êtes vivant.

Pourtant il n'est pas mort. Il est prisonnier.

En dépit des rafales incessantes qui balaient les
dunes, le désert reste inchangé. Le jour, la nuit, n'exis-
tent pas. Où qu'il porte son regard, ce n'est qu'une
étendue écarlate, un moutonnement monotone et sanglant sous une lumière blessante venue de nulle part.

Pas une autre vie que la sienne dans cette immen-
sité. Il est demeuré des heures immobile, à espérer un
mouvement. Il a cherché à s'en user les yeux la trace
d'un reptile, d'un petit rongeur ou d'un insecte.

Peine perdue. Ce monde est mort. Désespérément mort.

Nicolas a compris qu'il est captif de la pierre. C'est là qu'Azael était retenu. Il est condamné à y prendre sa place, pour l'éternité. Parce qu'il a fait don de son corps au démon et que celui-ci l'a trompé.

Depuis quand marche-t-il, sans savoir où il va ? Il n'éprouve aucune fatigue. Il avance d'un pas mécanique et le crissement du sable sous ses pieds nus répond aux sifflements du vent.

Soudain, à l'horizon, une forme géométrique brise les lignes molles des dunes.

Son cœur s'emballe. C'est là qu'il doit aller, il le sent. Vers ce parallélépipède couleur sang. Là, peut-être, se trouve la porte qui lui permettra d'échapper à cet enfer.

S'il est possible d'y échapper.

NÉCROMANCIE

Les derniers échos du spectacle médiéval s'étaient éteints depuis longtemps. Le silence n'était brisé que par le ronronnement des rares voitures qui traversaient le village de Tiffauges et les appels des rapaces nocturnes. Deux silhouettes gravissaient le raidillon qui conduisait au château. Lorsqu'elles arrivèrent devant la porte, elles la franchirent comme si elle n'existait pas puis, bifurquant à droite, elles s'arrêtèrent à la verticale du donjon. Une chouette perchée sur une pierre en saillie s'envola en poussant un hululement de mécontentement.

— Tu crois qu'il y a un gardien ? interrogea Quentin.

— Peu importe, répondit Violaine. On ne s'attardera pas !

Ils se dirigèrent vers les ruines de la chapelle et gagnèrent la crypte que Violaine avait visitée durant l'après-midi. Elle était fermée par une porte qu'ils franchirent avec la même facilité que la première. Violaine tendit son bâton qui s'incendia.

Les deux sorciers se trouvaient dans une salle étroite et fraîche. Le plafond voûté était supporté par une série de colonnettes qui avaient conservé des traces de peinture rougeâtre. Violaine alla au fond de la crypte, posa la main sur le mur et ferma les yeux. Quelque part devant elle, une flamme ancienne tremblotait. C'était la minuscule balise dont elle avait besoin pour repérer leur destination et leur frayer un chemin à travers la terre et la roche.

— Je ne me suis pas trompée tout à l'heure, dit-elle avec excitation. Il y a un passage souterrain à moins de quatre mètres. Plus loin, je perçois un volume beaucoup plus important. C'est l'endroit que nous cherchons, j'en suis certaine !

Elle sourit à Quentin.

— Grâce soit rendue à Jacques ! Jamais il n'aurait imaginé nous guider un jour jusqu'à la salle où était cachée la pierre.

De la pointe de son bâton, elle délimita sur la muraille un ovale d'environ un mètre quatre-vingts. Aussitôt, ses contours scintillèrent. Elle souffla et la pierre devint semblable à un miroir d'étain. Se retournant, Violaine tendit la main à son compagnon.

— Viens.

Quentin prit une profonde inspiration et se laissa entraîner. Il eut l'impression de traverser un rempart de poix puis émergea dans de profondes ténèbres. L'air était sec, chargé d'effluves déplaisants, mais respirable. Quatre globules lumineux jaillirent du bâton de Violaine et flottèrent au-dessus de leurs têtes, éclairant un boyau creusé dans la pierre.

— Et maintenant, c'est tout droit ! annonça la sorcière.

Elle se mit en marche et Quentin la suivit d'un pas d'automate.

Depuis le pique-nique, il avait l'esprit ailleurs. Quand son amie était revenue après une courte absence, Anne et Simon étaient partis. Quentin avait espéré les croiser au cours de l'après-midi mais son attente avait été déçue.

« Tu ne serais pas en train de tomber amoureux, toi ? », s'était-il demandé, tandis qu'en compagnie de Violaine il arpentait le périmètre compris entre le donjon et la chapelle Saint-Vincent. « Allez, ne sois pas stupide, oublie cette fille ! C'est la première fois que tu la vois et il y a très peu de chances que tu la recroises un jour. »

Pourtant, malgré ses efforts, l'image d'Anne ne cessait de le poursuivre. Jamais personne ne l'avait séduit à ce point !

Tandis que Quentin faisait les cent pas le long des murailles, plus occupé à dévisager les visiteurs qu'à chercher ce pour quoi ils étaient venus, Violaine avait suivi un groupe de touristes et était entrée dans la crypte attenante au donjon. Usant de ses pouvoirs, elle avait discrètement sondé le mur alors que le guide récitait son commentaire.

Traverser un obstacle solide était à la portée de n'importe quel sorcier à condition de savoir où se rendre. Dans le cas contraire, on courait le risque de finir ses jours emprisonné dans la matière que l'on franchissait. Or Violaine n'avait aucune idée de leur but. Désespérée, elle pensait abandonner la partie quand elle avait perçu comme une lueur à une vingtaine de mètres, plein nord, voilée par l'épaisseur de la roche.

L'esprit en alerte, elle avait reconnu un puissant contre-sort. Un instant, elle avait craint un mauvais tour d'Azael avant de se souvenir du récit de Jacques.

Au moment de quitter Tiffauges avec la pierre et l'enfant, à l'automne 1439, son maître avait imprimé un sortilège dans le sol afin que plus jamais Gilles de Rais ne se livre en ces lieux à une activité démoniaque. En dépit des siècles, son sceau ne s'était pas effacé. Violaine possédait désormais un repère précis qui leur permettrait de se déplacer dans la roche, sans risquer de s'y engluer.

Ignorant le regard agacé du guide, elle avait bousculé ses voisins, s'était ruée hors de la crypte et avait rejoint Quentin. Adossé au tronc d'un arbre, il s'usait les yeux à chercher Anne dans la foule bigarrée qui se pressait autour de lui.

— Mission accomplie, tu peux être fier de moi ! lui avait-elle annoncé en passant son bras sous le sien.

S'amusant de son air médusé, elle l'avait entraîné vers la sortie.

— Pour fêter ça, ce soir, je t'invite au restaurant !

L'auberge où Violaine l'avait conduit était superbe, le dîner raffiné, mais Quentin n'avait presque rien pu avaler. Il éprouvait un mélange de tristesse et de joie qui le privait de mots et d'appétit. Chaque fois qu'il fermait les yeux, le visage d'Anne lui apparaissait. Même la conversation qu'il avait eue avec sa mère, sur le portable de Violaine, n'était pas parvenue à lui ôter la jolie touriste de l'esprit.

Depuis le début de leur équipée nocturne, il ressentait une gêne croissante à l'égard de Violaine, incapable de partager son enthousiasme quand elle lui expliquait qu'ils touchaient au but. « Je déraille, songea-t-il. Mon frère a disparu. Azael est libre de se livrer aux pires infamies et moi, je me fabrique un roman avec une fille qui m'a sans doute déjà oublié… »

Il sentit une main le saisir par l'épaule et le secouer.

— Eh, réveille-toi, à la fin ! s'exclama Violaine. Qu'est-ce qui t'arrive ?

Hébété, Quentin regarda autour de lui. Ils se trouvaient dans une salle circulaire. Trois anneaux de fer rouillés étaient scellés dans le mur du fond. Le garçon frissonna en songeant que Gilles de Rais y enchaînait ses victimes avant de les immoler.

Ils inspectèrent méticuleusement la pièce et repérèrent en son centre la dalle que Gilles de Rais et Francisco Prelati avaient creusée pour recueillir le sang des enfants. Plus loin, Violaine lui montra le sceau rougeâtre que Jacques avait apposé sur le sol. Quentin l'effleura du pied et se revit, ivre de rage, menaçant Gilles de Rais et Prelati.

— Alors ? demanda-t-il en frissonnant.

Si les siècles avaient passé, cet endroit exsudait toujours la peur, la douleur et la mort. Violaine s'appuya sur son bâton et lâcha un soupir déçu.

— Cette crypte ne renferme rien et je ne me vois pas sonder chaque centimètre carré de ce château pour découvrir ce que nous cherchons. Nous ne pouvons pas repartir les mains vides. Comme je te l'ai dit, il ne nous reste qu'une solution pour savoir ce que Gilles de Rais a acheté aux Templiers. L'invoquer.

– Je n'aime pas ça, répondit Quentin. Réveiller les morts est hasardeux, surtout si ce mort est un individu aussi monstrueux que Gilles de Rais.

– Tu as raison, reconnut Violaine. Mais si nous ne le faisons pas, Azael, lui, ne s'en privera pas ! Nous n'avons pas le choix.

Comprenant qu'il était inutile de dissuader son amie, Quentin l'aida à tracer le pentacle magique puis ils se placèrent face à face et commencèrent l'invocation. Leurs mots se répercutèrent sur la voûte de pierre et, rapidement, une flammèche jaunâtre apparut au centre de la figure. Tandis qu'elle grandissait, une odeur âcre empuantit l'atmosphère. La flamme vira soudain au blanc, il y eut un éclair et la silhouette d'un homme recroquevillé apparut au centre de la figure.

Son corps nu était d'une épouvantable maigreur. Il tenait ses mains plaquées sur son visage et, quand il les retira, ses yeux brillèrent dans la pénombre avec une expression sournoise.

« Il nous attendait », songea Quentin avec inquiétude.

PAROLES D'OUTRE-TOMBE

Gilles de Rais se redressa puis se tourna vers eux avec une lenteur éprouvante. Une fétide odeur de terre humide et pourrissante montait de son corps. Quentin eut un hoquet de dégoût quand il découvrit la face du mort. Elle était blafarde, si blafarde que la courte barbe qui couvrait ses joues paraissait bleue. Gilles de Rais observa tour à tour ceux qui l'avaient réveillé. Violaine et Quentin se taisaient. C'était au défunt de prononcer les premiers mots.

— Je vous connais, dit-il enfin.

Sa voix était morne, dénuée d'intonations. Ses pupilles pâles se rivèrent à celles de Quentin.

— Nous nous sommes rencontrés jadis, n'est-ce pas ?

— Ce n'était pas moi ! répondit le garçon que ce regard absent désarçonnait.

Un rictus déforma le visage de Gilles.

— Ne joue pas sur les mots ! Aujourd'hui, tu portes un autre nom mais tu es resté le même et je sais ce que tu cherches !

Il se tourna vers Violaine et tendit le bras. Les ongles de ses mains étaient longs et jaunes, endeuillés de lunules noirâtres.

— Quant à toi, tu es des nôtres. Pourquoi t'imagines-tu être en vie après tant de temps ?

— Nous ne nous connaissons pas ! répliqua Violaine. Et vos insinuations m'indiffèrent !

Le spectre ricana et ajouta sur un ton de confidence :

— Crois-tu cela, fille de Catherine, qu'on surnommait la Galafre ? Nous partageons quelque chose que tu ignores. Quelque chose de très précieux !

La sorcière se rembrunit. Comment ce monstre connaissait-il le prénom de sa mère ? Il fallait mettre un terme rapide à ce dialogue qui risquait de tourner à son avantage. Gilles de Rais voulait semer le trouble dans leur esprit et il était capable d'y parvenir.

— Je ne partage rien avec vous ! Écoutez plutôt la question que nous désirons vous poser.

Gilles éclata d'un rire aigu, un rire de dément.

— Quelle est cette question ?

— Lors de votre procès à Nantes, dit Quentin, vous avez déclaré avoir acquis, en avril 1440, un objet appartenant aux descendants de deux Templiers. De quoi s'agit-il et où l'avez-vous caché ?

Les sorciers retinrent leur souffle. Le spectre se taisait. Il paraissait se désintéresser de la situation et grattait sa barbe de ses doigts souillés.

— Je parlerai à une condition, répondit-il en fixant Violaine de son regard vide. Jure-moi que tu chercheras à savoir qui tu es et d'où tu viens. C'est important de savoir d'où l'on vient, n'est-ce pas ? Ce peut être décisif au moment de choisir…

De surprise, Violaine laissa tomber son bâton. Quentin le ramassa et le lui tendit. Quand elle le prit, il constata que sa main tremblait.

— Tu es dans notre camp, susurra Gilles de Rais, soudain enjôleur. Tu œuvres pour nous. Ne le sais-tu pas depuis toujours ? La Galafre le savait qui te l'a caché. Réfléchis plutôt. Grâce à qui Azael s'est-il échappé de la pierre ? Grâce à qui Jacques Guernière a-t-il péri dans les flammes ? Admets-le, tu portes le mal en toi !

— C'est faux ! hurla Violaine, la voix enrouée par la colère. C'est faux !

Gilles haussa les épaules avec mépris et répéta, impavide :

— Tu portes le mal en toi, comme je le porte. Alors, rejoins les tiens car les temps sont proches.

Il désigna Quentin.

— Azael est plus puissant que celui-là !

Le mort observa la sorcière. Elle haletait et serrait son bâton à le briser. Satisfait de l'effet de ses paroles, il reprit :

— Alors, jures-tu ? C'est le prix que j'exige pour vous remettre l'objet de votre quête.

Quentin n'y comprenait rien. Son amie paraissait ébranlée par les propos du spectre. Quel était ce mal qu'il prétendait reconnaître en Violaine ? Pourquoi celle-ci accepterait-elle son étrange contrat ?

— Soit, je vous donne ma parole ! répondit-elle. Dites-nous où se trouve ce que nous cherchons et partez !

— Partir ? Déjà ? Mais c'est vous qui m'avez appelé.

Un sourire narquois éclairait la face du mort. Il montra le pentacle.

— Me permettrez-vous de sortir afin que je vous guide ?

— Vous n'en avez pas besoin, assura Quentin avec douceur. Expliquez-nous plutôt où chercher.

Gilles grimaça, dévoilant de longs chicots noircis, puis, désignant le sol à deux mètres de lui, il déclara :

— La pierre de sang se dressait ici. Soulevez la dalle qui l'accueillait et vous découvrirez une jarre. Elle contient un parchemin d'une immense valeur.

Une lueur de regret s'alluma dans ses pupilles.

— Quand je pense que j'approchais du but. Sans toi, il pointa l'index vers Quentin, le Seigneur des Mouches régnerait sur ce monde et je serais l'un de ses ducs. Mais qu'importe, son royaume adviendra et toi, Violaine, tu seras l'instrument de sa venue car tu es…

— Assez ! gronda-t-elle.

Et d'un mouvement de son bâton, elle effaça la figure au sol, dissipant du même coup le fantôme de Gilles de Rais.

— Tu aurais dû lui permettre de parler, dit Quentin. On aurait appris ce qu'il…

— Apprendre quoi ? le coupa-t-elle. Des mensonges ! Uniquement des mensonges ! N'as-tu pas compris son manège ? Ce misérable voulait semer la zizanie entre nous !

Elle repoussa ses cheveux et désigna le sol.

— Trêve de discours inutiles ! Aide-moi plutôt à soulever cette dalle !

S'aidant de leurs bâtons, ils la firent glisser de côté. Comme Gilles de Rais l'avait annoncé, ils découvrirent un récipient de terre cuite scellé à la cire. Violaine le brisa. Elle en retira un étui de cuir craquelé qui contenait un rouleau de peau brune.

La sorcière le déroula et l'étudia, les traits tendus.

– Alors ? demanda Quentin que le silence de son amie irritait.

Celle-ci replaça le rouleau dans son étui. Un sourire éclaira ses traits las.

– Nous avons retrouvé un document de première importance ! Il est écrit en arabe dialectal et pourrait indiquer où est cachée la statue de Baalzébuth. Une fois à Comberoumale nous l'examinerons en détail.

Tournant les talons, ils regagnèrent la crypte puis le portail de l'ancienne chapelle. En dépit de l'heure tardive, l'air était lourd et poisseux. Quentin essuya la sueur sur son front et soupira. La découverte du manuscrit avait été si facile. Trop facile. Pourquoi Azael n'était-il pas venu à Tiffauges avant eux ? Ça n'avait aucun sens.

Violaine demeurait muette, absorbée dans ses pensées. Cette fois-ci, Quentin respecta son silence, car il la devinait ébranlée par les propos du spectre. Ils n'étaient qu'à une vingtaine de mètres du portail quand ils distinguèrent deux silhouettes qui leur barraient la route. Violaine poussa une exclamation et s'arrêta, aussitôt imitée par Quentin.

Les inconnus se dirigèrent vers eux. Comme ils émergeaient de l'ombre dessinée par le donjon, Quentin les reconnut. C'étaient Anne et Simon !

– Anne ? appela-t-il le cœur battant.

Elle ne répondit pas et lui offrit son profil, penchant la tête comme si on lui parlait à l'oreille. Simon émit un cri bref, semblable à un aboiement, et les dévisagea. Il affichait une expression contrariée.

– N'est-ce pas la fille qui s'intéressait à toi, tout à l'heure ? murmura Violaine. Que fait-elle ici ?

Quentin n'eut pas le temps de répondre. Un essaim de mouches bourdonnantes se matérialisa au-dessus des nouveaux venus. Quand il se dissipa, Nicolas se tenait entre eux. Il dévora du regard l'étui que Violaine avait entre ses doigts.

— Voilà un objet qui m'appartient de droit ! déclarat-il. Merci de m'avoir épargné le souci de le retrouver. À présent, je vous serai reconnaissant de me le remettre.

LA PORTE

Toute la soirée, Jeanne avait échafaudé les hypothèses les plus invraisemblables pour expliquer les raisons du geste de Nicolas et sa fuite. Sa sœur, Claire, et
son beau-frère, Pierre, s'étaient efforcés de la rassurer
mais leurs arguments s'effondraient les uns après les
autres comme de fragiles châteaux de cartes.

Rien ne pouvait apaiser Jeanne.

Il était minuit passé quand, le cœur lourd, elle rejoignit sa chambre et s'allongea sur son lit, à la recherche
d'un repos qu'elle ne parvenait plus à trouver.

Elle aurait aimé s'abandonner au sommeil mais,
sans relâche, les mêmes questions revenaient la
hanter. Où était Nicolas ? Que faisait-il ? Comment
allait-il ?

Lentement, la fatigue l'envahit, ses idées s'effi-
lochèrent et elle se sentit gagnée par une léthargie
inespérée.

ℰ

Un temps indéterminé a passé. Jeanne émerge d'un sommeil agité.

Rêve-t-elle encore ?

Son lit tangue comme une barque qu'emporte un courant léger. Une sorte de caquètement parvient à ses oreilles. Elle soulève ses paupières.

Un bref instant, elle croit reconnaître Violaine penchée à son chevet, puis l'illusion se dissipe. Ce n'est pas une, mais trois vieilles femmes aux longs cheveux blancs qui l'entourent. Elles passent lentement d'un pied sur l'autre, comme si elles exécutaient une danse païenne. Leurs lèvres fripées s'agitent. Elles murmurent des paroles indistinctes et la fixent avec intensité.

Jeanne n'éprouve aucune crainte. Une étrange certitude l'habite. Ces femmes sont venues pour la guider. Elles savent où se trouve Nicolas et ce qui lui est arrivé. L'une d'elles pointe le doigt vers le fond de la chambre. Sur le mur, Jeanne aperçoit une tache sanglante qui s'étire jusqu'à prendre la dimension d'une porte.

Sans hésiter, elle se lève, s'en approche. Un souffle brûlant jaillit de l'ouverture et un parfum épicé emplit ses narines.

D'un mouvement de la tête, elle remercie les trois femmes et fait un pas en avant. Son pied nu se pose sur du sable brûlant. Jeanne se mord les lèvres et ignore la douleur.

Quelque part, Nicolas l'attend.

ENVOÛTEMENT

Une vive émotion submergea Quentin, qu'il s'efforça de maîtriser. Il n'avait pas revu son frère depuis la nuit de leur affrontement et c'était une épreuve de le retrouver si brutalement.

— Ne te laisse pas abuser, lui chuchota Violaine, ce n'est pas Nicolas, mais Azael. Souviens-t'en et méfie-toi de lui.

— Voilà un sage conseil, ricana le démon, car notre jeune Quentin est très imprudent ! Tu ne tarderas pas à t'en rendre compte, sorcière.

Il sourit et, pendant une fraction de seconde, ses traits remplacèrent ceux de Nicolas avant de s'effacer.

— Qu'as-tu fait de Nicolas ? gronda Quentin que cette hideuse métamorphose avait bouleversé. Réponds !

L'espace d'un instant, il eut la vision d'un désert de sang caillé et il crut entendre la voix de son frère. Le souffle coupé, il revint à la réalité et surprit le regard d'Azael posé sur lui.

— Il est en lieu sûr et attendra mon bon vouloir pour en sortir ! asséna le démon. Maintenant, retourne à tes jeux et laisse les grands parler !

Quentin blêmit sous l'affront et voulut répliquer mais Azael se détourna de lui et s'adressa à Violaine :

— Donne-moi l'étui.

— Pas question ! répondit la sorcière. Nous sommes deux et je doute que tu sois capable de me l'arracher des mains.

— Deux ? s'étonna Azael. Je n'en crois rien !

Le démon lui montra une figurine façonnée dans un bloc de cire. Il y planta l'ongle de son index, aussi long et acéré qu'une lame de canif. Quentin cria et s'effondra, les mains crispées sur son ventre.

— Comme tu le constates, tu es seule, sorcière !

Violaine sentit sa raison vaciller. Envoûter un sorcier aussi puissant que Quentin était inconcevable, même pour un démon de cette force. Par quel miracle y était-il parvenu ?

Azael ficha son ongle plus profondément dans l'abdomen de la statuette et Quentin poussa un hurlement de douleur. Violaine s'agenouilla. Le visage du garçon était couvert de sueur et ses yeux s'étaient révulsés. Il souffrait atrocement. Tisser un contre-sort était envisageable mais elle ne disposait pas du temps nécessaire.

— Je te présente celle qui est à l'origine de ce remarquable envoûtement, dit Azael en prenant Anne par l'épaule. Elle est encore plus douée que je ne l'espérais. Et voici son compagnon, Simon, discret mais plein de mordant, comme vous vous en rendrez compte.

Celui-ci, impassible, n'esquissa pas un geste. Violaine crut cependant deviner dans ses pupilles une colère rentrée.

— Qu'attends-tu de moi ? demanda la sorcière.

Azael agita la figurine.

— Tu t'imaginais que je ne saurais pas déchiffrer le code pitoyable du vieil historien ? Hélas pour moi, le contre-sort que Jacques Guernière a tissé voilà bien longtemps est toujours efficace. Je savais qu'il m'empêcherait d'entrer dans la crypte. En revanche, Quentin et toi aviez tout loisir de le faire. J'étais certain que vous vous acquitteriez de cette tâche avec zèle : il suffisait d'abandonner le carnet de monsieur Leplessis au bon endroit et de patienter. À présent, remets-moi le manuscrit de Gilles de Rais, je t'offrirai en échange cette ravissante poupée. Le marché est honnête, n'est-ce pas ?

Un gémissement échappa à Quentin. Il tenta de se relever et retomba lourdement. Violaine posa sa main sur son front.

— Qui m'assure que tu tiendras parole ?

Azael referma les doigts sur la figurine et ses ongles s'enfoncèrent dans la cire tendre. Quentin sentit cinq pointes de feu le transpercer, si douloureuses que son corps se tendit comme un arc et qu'il manqua perdre connaissance.

— Personne. Mais si tu ne prends pas une décision rapide, je me verrai contraint d'abréger les souffrances du petit sorcier.

Il piqua la poupée au cœur et Quentin émit un gargouillis de terreur. Comprenant qu'il était inutile de lutter, Violaine baissa son bâton.

— Te voilà devenue raisonnable.

Azael tendit la statuette à Simon qui procéda à l'échange. À peine Violaine eut-elle saisi la figurine que la cire étincela et fondit. Il ne restait entre ses doigts qu'un rectangle de papier huileux et quelques cheveux blonds. Quentin s'était assis et fixait Anne, hésitant entre colère, amertume et déception.

— Ne me dis pas que pendant mon absence, elle a réussi à t'arracher un mot écrit de ta main et ces cheveux ! s'emporta Violaine. Tu lui as donné de quoi t'envoûter sur un plateau !

D'un mot, elle réduisit papier et cheveux en cendres. Quentin, livide, acquiesça.

« Ce garçon a les pouvoirs de Jacques, pensa Violaine, mais il n'en possède ni l'expérience ni la sagesse. Il ne faut pas que je l'oublie. »

Acceptant la main qu'elle lui tendait, Quentin se remit sur pied. Son accablement était visible mais il soutint sans ciller le regard moqueur qu'Anne lui lança. Azael caressait l'étui avec délectation.

— Une fois de plus, Violaine, tu as œuvré pour nous.

La sorcière se figea. Azael avait employé les mêmes paroles que Gilles de Rais. Quentin, qui sentait les dernières ondes de douleur s'évanouir de son corps meurtri, constata que le visage de son amie se décomposait.

— Je n'ai pas…

— Si ! l'interrompit le démon. Au fond de toi, tu n'as pas envie que j'échoue. Ton sang parle !

— Tu mens !

Cédant à la rage, la sorcière cingla l'air de son bâton. Une vague de feu blanc roula vers ses adversaires qui, emportés par la puissance du sortilège, allèrent s'écraser sur la muraille du donjon. Ils se relevèrent aussitôt et Quentin comprit qu'Anne et Simon n'étaient pas de simples humains. Un choc d'une telle force aurait dû les pulvériser. Azael lança un regard haineux à Violaine.

– Tu veux jouer ? Eh bien jouons ! Voyons si vous devinerez où je vous conduis !

Un livre apparut dans la main du démon qui le jeta au sol. Il s'ouvrit et ses pages palpitèrent comme les ailes d'un papillon. Des torrents de lumière colorée en fusèrent, effaçant le décor autour d'eux. Quentin, stupéfié, vit des formes confuses s'élancer vers le ciel. Elles s'ordonnèrent soudain et du néant naquit un paysage.

Un froid glacial les transit. Autour d'eux s'étendait une forêt battue par les vents. Les arbres, noirs et dépouillés de leurs feuilles, se tordaient et craquaient sous les bourrasques. De larges plaques de neige masquaient çà et là le tapis de feuilles mortes. Où Azael les avait-il entraînés ? s'inquiéta Quentin. Cet endroit n'était-il qu'une illusion ? Il tenta deux contre-sorts qui restèrent sans effet. Goguenard, Azael leur lança :

– Serez-vous assez malins pour trouver la sortie de ce monde ?

Le démon montra l'étui de cuir à ses compagnons.

– J'ai ce que je voulais. Ils sont à vous, débarrassez-m'en ! Mon Maître m'attend !

Son corps tremblota puis se transforma en un brouillard de mouches au corset bleuté qui disparurent dans un bourdonnement assourdissant. Anne adressa un clin d'œil à Quentin et s'évanouit à son tour.

Resté seul, Simon se tourna vers les sorciers et se laissa tomber à quatre pattes. Son visage s'étira en un mufle dentu. Ses oreilles s'allongèrent et pointèrent vers le ciel tandis que son corps semblait absorber ses vêtements et se couvrait d'une toison noire et drue. Il tendit la gueule vers eux et gronda, dévoilant des crocs acérés.

— Un loup-garou, gémit Violaine. Azael en a fait un loup-garou !

LA TRAQUE

La créature les fixa de ses yeux jaunes puis hurla. Du fond des bois, des aboiements rauques lui répondirent. Il y eut un bruit de galopade et une horde de loups gris se rangea derrière Simon, comme s'ils lui obéissaient. Quentin essaya d'en estimer le nombre. Il y en avait une bonne trentaine. Beaucoup trop pour les affronter sans risquer d'être submergés.

— Qu'est-ce qu'on fait ? interrogea-t-il.

— On n'attend pas qu'ils attaquent ni que Simon nous morde…

Violaine se métamorphosa en louve blanche et détala, suivie par Quentin qui avait adopté l'aspect d'un jeune mâle efflanqué.

Ils se faufilèrent entre les arbres, bondissant par-dessus les souches, traversant les fourrés comme des flèches. La meute les talonnait de si près qu'ils entendaient les halètements sourds des loups. Leur course les mena le long d'une rivière.

— Suis-moi ! ordonna Violaine.

Elle exécuta un brusque crochet et s'élança en direction du cours d'eau. Quentin songea que c'était une folie mais il la suivit, s'attendant à s'enfoncer dans les eaux glacées et à devoir nager. Dans un éclaboussement, ses pattes foulèrent une matière élastique et fraîche. Violaine avait enchanté la rivière et leur avait tracé un chemin jusqu'à l'autre rive. Les cinq loups qui couraient en tête bondirent à leur suite. Ils crevèrent la surface et furent engloutis par les flots.

Derrière eux, ce fut un concert de jappements et d'aboiements furibonds. Le loup-garou, qui s'était gardé de les suivre, montra les dents et fit aussitôt volte-face, imité par sa meute.

— Que fait-on maintenant ? demanda Quentin quand ils furent à pied sec.

— On file le plus loin possible. Simon va chercher un gué et nous donner la chasse. Il faut qu'on trouve un endroit tranquille pour tracer une figure de transfert et retourner à Tiffauges. Azael a utilisé un sort inédit : il nous a piégés dans l'univers d'un roman !

De sa patte, elle griffa le sol.

— Le monde réel est là, tout près. L'épaisseur d'une feuille de papier nous en sépare mais nous sommes incapables de le voir parce que nos yeux et nos sens sont abusés. Azael a choisi un grand livre et la puissance de cette fiction nous égare. Pour ouvrir une porte et retrouver notre univers, il nous faut savoir quel est ce roman. Son titre nous servira de clé. Ensuite, un sort de déplacement fera l'affaire.

Quentin s'assit sur son arrière-train et passa sa langue sur ses babines.

— Un livre avec des loups et une forêt ? Il y en a des quantités, *Croc-Blanc* par exemple. On n'a pas le temps d'essayer tous les titres qui nous viendront à l'esprit. Nos poursuivants nous auront retrouvés avant. À mon avis, il faut explorer cet endroit et recueillir des indices.

Ils partirent au trot perpendiculairement à la rivière et atteignirent l'orée de la forêt. Le terrain descendait à pic. Ensuite, s'étendait une vaste plaine entourée de collines boisées. Quentin leva son museau et huma l'air. Dans le ciel, s'amoncelaient d'épais nuages blancs veinés de noir. Le froid se fit plus piquant. Un éclair déchira l'air et, sans que rien ne l'ait annoncé, la neige se mit à tomber en flocons si serrés que leur vue en fut brouillée.

— Ça ne te rappelle toujours rien ?

— Rien du tout, maugréa Quentin. Ça pourrait être un bouquin de Jack London, de Maupassant, de James Olivier Curwood, un conte de fées. Comment savoir ?

— Alors on continue !

Ils repartirent, leurs pattes s'enfonçant dans la neige épaisse qui recouvrait le sol. Quentin bénit la fourrure qui protégeait son corps. Sous sa forme humaine, il aurait atrocement souffert du froid. Ils longèrent un mur bas derrière lequel se dressait une forêt d'ifs et de cyprès. Au bout d'une cinquantaine de mètres, ils trouvèrent une ouverture. À cet endroit, la forêt s'ouvrait pour former une allée conduisant à une construction cubique. Sur le sol, de chaque côté, la neige se bosselait, dessinant d'étranges monticules surmontés de croix.

— On est entourés de tombes ! s'exclama Quentin. Cet endroit est un cimetière.

Il observa plus attentivement les lieux. Les ifs, les cyprès, ce cimetière sous la neige…

— Je suis certain d'en avoir lu une description dans un roman. Mais lequel ?

À cet instant, un éclair fourchu déchira le ciel et les hurlements des loups retentirent derrière eux.

— Ils ont retrouvé notre trace, constata Violaine avec un calme qui surprit son compagnon. Je te propose de les entraîner loin d'ici. Pendant ce temps, fouille ta mémoire, tâche de savoir quel livre Azael a utilisé et tisse le sort qui nous permettra d'en sortir. Rendez-vous dans ce tombeau !

Elle désigna le mausolée qu'ils avaient aperçu à leur arrivée.

— Tu t'y dissimuleras en attendant mon retour.

— Non ! s'écria Quentin. Tu ne vas pas affronter Simon et ses loups seule. Je viens avec toi !

— Je ne serai pas seule, répondit Violaine sur un ton énigmatique. Mais ça risque d'être fatigant. Tu devras dessiner la figure de transfert et me ramener. Moi, je n'en aurai sans doute pas la force.

— Qu'est-ce que tu comptes faire ? demanda Quentin.

— Ce sera amusant. Je te raconterai.

Ses babines se retroussèrent en une parodie de sourire et elle ajouta :

— Ne t'inquiète pas, je reviens dans une heure au plus.

La louve blanche lui donna un coup de museau affectueux et partit au galop en direction de la plaine.

UNE PRIÈRE MUETTE

Jeanne fut accueillie par une rafale de vent chargée de sable. Elle se protégea le visage, ferma les yeux et attendit que les bourrasques se calment pour les rouvrir.

Du rouge partout.

Un désert de sable rouge.

Rouge aussi le ciel, comme éclaboussé d'une lumière sanglante.

Elle est seule. Pas plus trace de la porte par laquelle elle est passée que des trois vieilles femmes qui la lui ont ouverte. Désemparée, elle se tourne de tous côtés, en quête d'un repère sur lequel se fixer. Elle n'en trouve pas. Aussi loin que son regard se perde, ce ne sont que des dunes que le vent modèle en formes identiques.

Commence alors sa marche. Sa longue marche. Qu'importe la direction à prendre. Ici, il n'y a ni nord ni sud, ni ouest ni est. Ici, chaque portion d'espace se répète à l'infini, toujours la même.

« Ici, songe-t-elle, c'est l'enfer ! »

Soudain, comme elle chemine sur l'arête d'une dune, elle aperçoit un étrange monolithe en contrebas, à moitié enfoui dans le sable.

Elle veut s'en approcher mais, comme dans un cauchemar, chacun de ses pas l'en éloigne.

Prisonnière de ce songe qui n'en finit pas, elle avance, consciente que rien de ce qu'elle vit n'est tangible.

Par moments, la fraîcheur qui baigne sa chambre ou le contact des draps sur la peau la ramènent au réel mais aussitôt, elle se laisse aller jusqu'à ce qu'elle sente le sable brûlant sous la plante de ses pieds.

Enfin, elle parvient à son but.

C'est un parallélépipède de roche rougeâtre, percé de milliers de canaux, pareil à l'étrange dalle qu'ils ont découverte, encastrée dans le sol du laboratoire, ce jour où Nicolas s'est blessé. La pierre est couchée sur le côté, comme si elle avait basculé d'un socle inexistant.

Sur sa face supérieure, le sable s'est accumulé, poussé par le vent. Des deux mains, Jeanne le balaie. Il est fin, semblable à de la poussière de sang séché, et s'insinue dans ses narines, dans ses poumons, lui arrachant de douloureuses quintes de toux.

Un hoquet de stupeur lui échappe quand elle découvre le visage sculpté. Il exprime un effroi et une douleur inimaginables.

— Nicolas! gémit-elle en reconnaissant son fils.

Dans les yeux pétrifiés, elle lit une prière muette. Un appel au secours.

Jeanne se réveilla, tremblant de tous ses membres. Une lumière grisâtre filtrait au travers des volets. Elle les poussa et se perdit dans la contemplation du jardin. L'air était doux et de longs rubans de brume flottaient sur le gazon. Elle frissonna et retourna se blottir sous son drap.

Que signifiaient ce désert, cette pierre, ces trois vieilles femmes ? Perdait-elle la tête, comme elle le redoutait depuis quelques jours ?

Non ! Peu importait si c'était une idée ridicule. Elle était certaine que son fils tentait de lui faire comprendre où il était.

— Je suis là, murmura-t-elle, et je ne t'oublie pas. Où que tu sois, Nicolas, je te retrouverai.

DANS LES BRAS DU VAMPIRE

Reprenant sa forme humaine, Quentin se dirigea à grands pas vers la construction que Violaine lui avait indiquée. C'était un tombeau de marbre, aussi blanc que la neige qui le recouvrait. Au loin, les hurlements des loups s'élevèrent. La traque avait commencé et il dut se faire violence pour ne pas courir au secours de son amie. Il s'était engagé à les ramener à Tiffauges et il tiendrait sa promesse.

Le jeune sorcier se frictionna les bras. Il ne portait qu'une chemise légère et se sentait engourdi par le froid. Après avoir sautillé sur place et exécuté quelques mouvements vifs, il s'approcha du mausolée. Sur la porte de style dorique, une étrange inscription était gravée :

COMTESSE DOLINGEN DE GRATZ
STYRIE
ELLE A CHERCHÉ ET TROUVÉ LA MORT
1801

Ces mots réveillaient en lui un souvenir diffus. Il était certain de les avoir lus… Mais où ? Quentin, piqué, contourna le tombeau et découvrit une seconde inscription :

LES MORTS VONT VITE

— Je sais où nous sommes, exulta-t-il, dans le cimetière où Jonathan Harker s'égare, au début de *Dracula*[1] ! Maintenant, je peux créer une brèche dans ce monde pour nous permettre d'en sortir.

Il allait tracer une figure sur le sol quand un violent coup de tonnerre retentit. Une tempête de grêle s'abattit avec une telle force que le sol résonna comme si un troupeau le martelait de ses sabots. La porte du tombeau présentait une profonde embrasure et Quentin s'y recroquevilla pour échapper aux grêlons aussi gros que des noix. Au moment où il s'appuyait sur le battant, celui-ci céda dans un épouvantable grincement. Il faillit tomber et se rétablit au dernier instant.

Une bouffée d'air tiède et embaumé le surprit. L'intérieur du bâtiment était à peine éclairé par la lumière qui traversait une fenêtre en ogive garnie de vitraux. Quentin se figea. Sur ce qui ressemblait fort à un sarcophage, une silhouette blanche était allongée. On aurait dit une mariée. Sa longue robe tombait en épais bouillonnements le long des parois de pierre. Poussé par la curiosité, il s'approcha.

— Anne ! s'écria-t-il.

Elle était très pâle et paraissait dormir. Ses lèvres dessinaient une fleur sanglante sur son visage livide.

1. Roman de l'écrivain irlandais Bram Stoker (1847-1912).

Quentin, subjugué, ne parvenait pas à détacher ses yeux de la jeune fille, s'attardant sur ses cheveux soyeux, sur son profil fin et acéré. Sa poitrine se soulevait avec lenteur. Du bout des doigts, il effleura sa joue. Comme dans un conte, Anne battit des paupières, ouvrit les yeux et lui sourit.

Elle se redressa et s'assit sur le bord du tombeau dans un bruissement de soie. Sa robe glissa, dévoilant une épaule ronde sur laquelle un tatouage se détachait : une chauve-souris noire comme la nuit ! Un entêtant parfum de fleurs monta aux narines de Quentin.

— Je t'attendais depuis toujours, murmura-t-elle, et te voilà enfin.

Sa voix était si tendre, si langoureuse qu'il éprouva un picotement sur tout le corps. Les lèvres rouges de la jeune fille se retroussèrent et il aperçut ses dents blanches, parfaitement alignées. Elle leva la tête vers lui et ses canines, aussi effilées que celles d'une chatte, étincelèrent.

Une langueur inexplicable le saisit. Il lâcha son bâton qui roula sur le sol. Une voix lui criait de se méfier. « Anne t'a déjà tendu un piège ! répétait-elle. Ne lui fais pas confiance. Elle n'attend qu'une occasion pour recommencer. »

Il la réduisit au silence. Le plus important, c'était goûter ce moment unique et délicieux, en compagnie de cette fille si belle, si séduisante, si…

— Pourquoi ne pas conclure une alliance ? reprit Anne en posant ses mains sur ses épaules. Nous partageons tant de points communs.

— Des points communs ? répéta-t-il d'une voix ensommeillée.

De la main, elle dégrafa les boutons de sa chemise, dégageant son cou qu'elle griffa puis caressa sans transition. Quentin ferma les yeux, s'abandonnant aux frôlements de ses doigts sur sa peau. Une exquise torpeur s'emparait de lui. Il n'avait envie que d'une chose : qu'Anne se serre contre lui et qu'elle pose ses lèvres sur les siennes.

— Tu te souviens ? murmura-t-elle en mordillant son oreille. Cet après-midi, je t'ai dit que tu étais à croquer.

Derrière eux, la porte se referma sans que quiconque s'en fût approché. Quentin, frémissant, sentit la bouche de la jeune fille effleurer ses joues et descendre lentement vers sa gorge.

— J'étais sincère.

LES LOUVES BLANCHES

Violaine galopait, les loups à ses trousses. Elle les avait suffisamment éloignés du cimetière. Avec un peu de chance, Quentin avait découvert où ils se trouvaient et il leur ménageait un passage afin de quitter le monde illusoire qui les retenait captifs.

Effectuant un crochet, elle se retourna pour affronter ses poursuivants. Les loups gris s'arrêtèrent et l'observèrent, la langue pendante, les flancs parcourus de frémissements. La sorcière chercha Simon et n'eut guère de mal à le repérer : il se détachait des autres loups par sa taille, la noirceur de son pelage et s'était assis à l'écart, en spectateur.

Un animal quitta la horde. Maigre, borgne, de son oreille droite, il ne restait qu'un lambeau de peau déchiquetée. Le carnassier s'avança vers Violaine, poil hérissé, muscles tendus, crocs dehors. Il était sur le point de bondir quand un jappement de terreur lui échappa.

Devant lui se tenait non plus une louve blanche mais deux, identiques ! En un instant, elles se dédoublèrent puis se dédoublèrent encore. Bientôt, ce furent une cinquantaine de bêtes à la fourrure neigeuse qui sautèrent à la gorge des loups terrifiés.

Le combat fut bref et sanglant. Les louves mirent en pièces la plupart des loups gris. Les autres s'enfuirent en hurlant, vaincus par la peur. Simon était resté immobile, comme si ce combat ne le concernait pas. Il ne manifesta aucune inquiétude quand les louves formèrent un cercle autour de lui.

— Ne perds pas ton temps avec moi, sorcière, je ne suis pas un tueur. Je ne suis pas ton ennemi non plus. Préoccupe-toi plutôt de ton compagnon, sans quoi il sera bientôt des nôtres et je n'y tiens pas !

Il grogna et ses yeux s'étrécirent. La colère rentrée que Violaine avait devinée chez Simon s'exprimait à présent sans fard. D'où venait ce garçon et pourquoi avait-il fait alliance avec Azael ? Quelle était la raison de son revirement ? La manipulait-il ? Voulait-il l'éloigner car il connaissait sa force et savait que la lutte serait inégale ?

— Tu ne tiens pas à ce que ton maître l'emporte ? s'étonna-t-elle.

— Azael n'est pas mon maître !

Simon se redressa sur ses pattes arrière et redevint humain. Une expression de jalousie déformait son visage pâle.

— Dépêche-toi ! Anne a pris Quentin dans ses filets et je doute que le combat soit égal ! Peut-être est-il toujours temps de le sauver…

Comprenant qu'il ne plaisantait pas, Violaine n'attendit pas davantage. La meute de louves blanches s'effaça et ce fut un animal solitaire qui fila comme une flèche en direction du cimetière. Quand elle arriva devant le mausolée, elle ne trouva aucune trace de Quentin. Il y eut un éclair blanc et la louve s'évanouit, cédant la place à une vieille femme aux yeux épuisés.

— Dans quel guêpier s'est-il encore fourré ? marmonna-t-elle.

Elle scruta les lieux et, cédant à une intuition, s'approcha du tombeau. Un sort maintenait la porte fermée. Elle la frappa de son bâton et le bois s'effrita avant de tomber en poussière.

— Quentin, appela-t-elle, tu es là ? Réponds !

Anne releva la tête et poussa un sifflement de rage, ses longues canines rougies du sang de Quentin. Celui-ci, l'œil vitreux, souriait. Violaine hurla un ordre et une violente lumière inonda le sépulcre. Le vampire lâcha sa proie et se transforma en un nuage de chauves-souris qui s'égaillèrent et s'enfuirent en lançant des cris stridents. Violaine se précipita et observa le cou de Quentin. Deux plaies rougeâtres marquaient sa jugulaire. Elle y appliqua la pointe de son bâton et murmura une incantation. Les chairs palpitèrent et les blessures se résorbèrent.

— Qu'est-ce qui m'est arrivé ? balbutia Quentin en reprenant conscience.

Son teint était blafard et des cernes bleuâtres soulignaient ses yeux. D'une main peu assurée, il tâta sa gorge et perçut deux minuscules protubérances là où Anne l'avait mordu.

— Cette fille t'a une fois de plus manipulé ! répliqua Violaine. Quand comprendras-tu qu'elle est dangereuse ? Cinq minutes de plus et elle te transformait en mort-vivant ! Tu es peut-être un grand sorcier, mais tu as conservé la maturité d'un adolescent de quinze ans !

– Pardonne-moi, Violaine, bredouilla-t-il. Juste
après ton départ il y a eu un orage épouvantable. Je ne
sais plus trop ce qui m'est arrivé. Je me souviens d'être
entré ici puis j'ai vu Anne qui…

– Moi, je sais ce qui t'est arrivé ! se moqua la sorcière. Cette fille te plaît énormément et te fait perdre
toute prudence !

Piteux, Quentin baissa le nez. Violaine s'assit à côté
de lui et lui rendit son bâton qu'elle avait ramassé.

– Règle numéro un : ne jamais se séparer de son
bâton, même pour embrasser une jolie vampire !

Quentin esquissa un sourire. Les points douloureux qui palpitaient à la base de son cou confirmaient
les propos de la sorcière. Comment nier qu'Anne le
déstabilisait ? Et que les conséquences pouvaient être
désastreuses pour Violaine et lui ? Il leva les yeux vers
son amie. Elle semblait accablée de fatigue.

– Comment te sens-tu ? Ça a été dur avec Simon et
les loups ?

– Sincèrement, je suis à bout, avoua Violaine. Pour
m'en débarrasser, j'ai dû utiliser un maître sort qui
m'a privée de mon énergie. Il va me falloir beaucoup
de repos pour me remettre. Et toi ?

– Exténué, répondit Quentin en se massant la gorge.

– Je résume, ironisa Violaine. Pendant que je
m'échine à nous débarrasser d'une meute de loups,
monsieur préfère se jeter dans les bras d'une créature
plutôt que de nous chercher une issue. En conclusion,
nous sommes bloqués ici.

Quentin, piqué, se rembrunit.

– On n'est pas bloqués ici ! Je sais de quel livre s'est
servi Azael pour créer cet univers. Je vais tracer la
figure de transfert et nous ramener à Tiffauges.

Violaine le considéra avec un œil neuf.

— Alors là, bravo ! Tu y arriveras seul ?

— De toute manière, on n'a pas le choix.

D'une démarche titubante, il parvint au centre du tombeau. Violaine craignit qu'il ne se trouve mal mais ses joues reprirent des couleurs et ses gestes gagnèrent en précision. De la pointe de son bâton, il traça deux triangles imbriqués l'un dans l'autre et compléta sa figure par une série de cercles. Violaine le rejoignit au milieu du tracé et Quentin se concentra sur la formule qu'il devait prononcer.

Ses mots résonnèrent dans le mausolée qui s'estompa, aussi volatile qu'un voile de fumée. Il y eut une rafale de vent et les deux sorciers se retrouvèrent en contrebas du château de Tiffauges, sous la tour du Vidame. Devant eux, la Sèvre aux eaux vertes murmurait.

Ils s'allongèrent à l'ombre des arbres et Violaine sombra presque aussitôt dans un profond sommeil. Quentin trouva la force de les entourer d'un sort de protection puis, bercé par le murmure de la rivière, il s'endormit à son tour.

Avant de perdre connaissance, il revit le visage d'Anne et il lui parut sentir la chaleur de ses lèvres sur son cou. « Elle a bu mon sang, songea-t-il. Quoi qu'il arrive, désormais nous sommes liés. »

LE VOYAGEUR

Sahara occidental

Le vieux Moktar achevait de pousser ses moutons vers la bergerie creusée dans le flanc de la montagne quand Kelb, son chien, poussa un aboiement effarouché et se sauva en hurlant. Moktar leva son bâton en signe de colère et l'injuria. Ce n'était pas la première fois que ce fichu corniaud lui jouait un tour, juste quand il avait le plus besoin de lui !

Il écarta les bras afin d'empêcher le troupeau de refluer, accompagnant ses mouvements d'ordres, de cris rauques et de coups de bâton sèchement assénés. Par chance, une des mères s'engouffra par la brèche et les autres la suivirent, dans un concert de bêlements affolés.

La dernière brebis entra enfin, abandonnant sur un piquet d'épais torons de laine. Une chaude odeur de suint montait de la caverne et les bêtes se calmèrent presque aussitôt. Satisfait, Moktar ferma la barrière et regagna sa maison.

C'est alors qu'il le vit descendre à grands pas du djebel.

Depuis huit ans qu'il vivait dans cette région retirée de l'Atlas, le vieil homme n'avait reçu que deux ou
trois fois la visite de touristes. Il n'y avait rien à admi-
rer ici, rien à découvrir, à moins qu'on ne fût amateur
de pierre nue, de sable et de végétation maigrelette.
Des excursionnistes égarés, deux ans auparavant, un
groupe d'archéologues d'une université américaine
voilà six mois, et c'était tout.

Après la mort de Khadîdja, Moktar avait choisi
de quitter Rabat, sa maison, sa famille, ses amis, sa
confortable existence de retraité. Quelle raison aurait-
il eu de continuer à vivre dans cette ville qui lui était
devenue étrangère ? Il finirait ses jours en ermite, là où
il était né et avait passé son enfance. C'était un retour
aux sources, avait-il annoncé aux siens. Une dette qu'il
payait à sa femme, originaire du même village que lui.
À son père et à sa mère aussi, depuis longtemps dispa-
rus, et qui n'avaient jamais quitté leurs montagnes.

À qui aurait-il pu dire ce qui le poussait en vérité à
terminer sa vie dans la solitude absolue, rongé par les
souvenirs ? À Brahim, peut-être ? Voilà plus de trente
ans qu'il ne l'avait revu. Il se contentait de lui envoyer
l'argent qu'il réclamait de temps à autre en espérant
ne plus jamais le croiser.

Ses enfants l'avaient pris pour un fou quand il leur
avait annoncé sa décision. Depuis la mort de leur
mère, leur père avait beaucoup changé, pensaient-ils.
En dépit de leurs supplications, il s'était installé dans
une minuscule maison de terre qu'il avait bâtie de ses
mains, assisté de son neveu Jallal.

Sa seule compagnie était son chien. L'eau provenait
d'une source qui coulait à proximité de la grotte où il
avait installé sa bergerie. Elle lui permettait d'irriguer

le potager, d'arroser un amandier et deux figuiers qu'il couvait comme la prunelle de ses yeux. Le lait et la viande provenaient des brebis. Enfin, chaque mois, Jallal, avec qui il était en liaison radio, lui apportait par la piste les produits de première nécessité et des livres. Son seul plaisir, désormais, avec le thé à la menthe et les couchers de soleil qui ensanglantaient l'horizon.

 broad

Son visiteur approchait. Il allait d'un bon pas et, malgré la chaleur, pas une goutte de sueur ne perlait à son front. Le plus surprenant était qu'il n'avait ni gourde, ni l'équipement de base que tout randonneur sensé prend la peine d'emporter quand il parcourt les montagnes.

L'inconnu parlait arabe et, après les salutations d'usage, il se présenta sous le nom de Nicolas Barbey. Il était français, étudiant en histoire ancienne et profitait des vacances à Er Rachidia pour explorer la région. Il était plus particulièrement intéressé par les peintures rupestres que des préhistoriens avaient découvertes au début du XXe siècle dans la vallée des Deux-Sources et manifesta une connaissance de la région qui stupéfia son interlocuteur.

— Vous êtes bien jeune pour un étudiant ! s'étonna Moktar qui lui aurait donné dix-sept ans au plus.

— Je suis beaucoup plus âgé que je ne le parais ! répliqua le garçon avec un sourire ironique. L'apparence est si souvent trompeuse…

Moktar crut bon de ne pas insister. Il désigna les tourbillons de sable rouge qui dansaient sur l'horizon sans fin de l'erg. Là-bas, au sud, s'étendait le Sahara.

– Vous arrivez à temps, le chergui va bientôt souffler. Grâce à Dieu, vous ne vous êtes pas perdu en chemin. Entrez chez moi. Vous vous y abriterez jusqu'à ce que la tempête se calme. Elle dure parfois plusieurs heures.

Nicolas haussa les épaules comme s'il se moquait du danger et Moktar pensa que le jeune Français n'avait peut-être pas toute sa tête. Il semblait cacher un secret, mais c'était le lot de tant d'hommes. Lui, Moktar, avait le devoir de lui offrir l'hospitalité. Il chercha son chien des yeux mais l'animal avait disparu. Tant pis ! Kelb trouverait un trou de roche où s'abriter. Dès la fin de la tempête, il reviendrait, la queue frétillante, quêtant un os à ronger ou une caresse.

Les deux hommes se mirent à l'abri des murs de torchis tandis que le vent gagnait en force, emplissant les couloirs rocheux de son chant grave et profond. Il s'y mêlait un grand bruissement râpeux, rythmé de crissements irritants, semblables à des stridulations d'insectes.

Moktar aimait ces tempêtes. Une fois de plus, le sable rouge du désert se livrait à son lent travail de sape, érodant patiemment les contreforts de l'Atlas. Bientôt les chemins seraient impraticables, les animaux se blottiraient dans leurs terriers et les humains se calfeutreraient dans leurs maisons jusqu'à ce que l'air redevienne respirable.

– Êtes-vous certain de souhaiter ma présence ? interrogea Nicolas.

La question était curieuse. Le vieux Moktar secoua la tête.

– Il n'est pas prudent de sortir, mon jeune ami. Vous ne connaissez pas la région et la vallée des Deux-Sources est à trois heures de marche. En temps normal, il est dangereux de s'y rendre car les chemins sont escarpés, alors aujourd'hui…

Son interlocuteur ne lui répondit pas. Un sourire irritant voletait sur ses lèvres. Moktar sentit une peur irrationnelle l'envahir. Si l'adolescent venait d'Er Rachidia ainsi qu'il le prétendait, pouvait-il ignorer qu'une tempête était annoncée ? Le vieil homme l'avait appris grâce à Jallal qui l'avait appelé tôt le matin.

Moktar se leva et retira la casserole du brasero. Il versa l'eau bouillante dans une théière qui contenait le thé vert et la menthe, ajouta du sucre, remplit les verres, les vida dans la théière puis les remplit à nouveau de thé doré et mousseux.

Il observa son hôte. Son teint était pâle, ses membres longilignes, toutefois il dégageait une impression de force incompréhensible compte tenu de sa silhouette gracile. Le jeune Français s'exprimait à la manière d'un adulte. Un adulte âgé et savant qui connaissait l'histoire de ces montagnes mieux que ne la connaissait Moktar. Son arabe était parfait, teinté de tournures classiques un peu surannées qui avaient dans un premier temps amusé le vieil homme.

Mais ses yeux le mettaient mal à l'aise. Des yeux noirs et luisants qui, tout à l'heure, brasillaient sous la lumière du soleil. Quand Moktar l'avait invité à entrer, l'étrange pétillement n'avait pas cessé, comme souligné par la pénombre. Et maintenant, ces deux prunelles le fixaient avec une telle acuité qu'elles semblaient lire au plus profond de sa conscience.

Soudain, de manière incompréhensible, ce fut une évidence. Ce garçon savait tout ! songea Moktar terrifié.

Il savait tout…

RIVALITÉ

— Cinq minutes de plus et Quentin était à moi, bougonna Anne avec une pointe de ressentiment. Si seulement tu nous avais débarrassés de cette maudite sorcière…

— Ça fait vingt fois que tu le répètes, s'agaça Simon. Mais Quentin n'aurait pas été à toi, il aurait été des nôtres. Nuance !

La jeune fille attrapa le flacon de crème solaire et s'en appliqua une épaisse couche sur les épaules et le cou.

— Ne joue pas avec les mots, je t'en prie. L'important, c'était qu'il ne soit plus en état de contrecarrer nos projets.

— Bien sûr, tu le transformais en vampire comme toi et le tour était joué ! Vous vous seriez entendus à merveille tous les deux. Tu le trouves mignon, je crois ?

— Pas mal.

Anne guettait la réaction de Simon. Comme il affectait l'impassibilité, un sourire s'étira sur ses lèvres. Elle passa sa langue sur ses canines aiguës et ajouta :

— Tu ne serais pas jaloux, des fois ?

Simon grogna et se rallongea sur sa serviette. Ils étaient rentrés à Paris et avaient décidé de passer l'après-midi à la piscine Roger-le-Gall, dans le douzième arrondissement. Simon s'était gardé de rapporter à Anne son échange avec Violaine.

Quand il avait retrouvé son amie, elle était furieuse d'avoir échoué si près du but. D'ailleurs, à en juger par les reproches constants qu'elle lui adressait, elle n'avait toujours pas accepté son fiasco. Jugeant opportun de changer de sujet, Simon déclara :

— Il y a une chose que je ne m'explique pas… À l'heure qu'il est, tu devrais être un petit tas de cendres. Les vampires craignent le soleil, non ?

Anne, qui achevait de s'enduire, répondit du tac au tac :

— Les loups-garous aussi ! En plus, ils ne se métamorphosent que durant la pleine lune ! Mais ça, c'est seulement dans les récits fantastiques ! Autant te dire que les croix, les roses séchées ou les gousses d'ail ne me font ni chaud ni froid. Grâce à Azael, on dispose de pouvoirs surhumains sans en supporter les inconvénients. Génial, non ?

— Je rêve ! s'exclama son ami. Avec toi, tout est simple, y compris les situations les plus délirantes.

— Tu m'en mets sur le dos, s'il te plaît ? demanda-t-elle en lui tendant le flacon.

La jeune fille se retourna, s'allongea sur le ventre et s'étira avec volupté. Simon déposa une noisette de crème sur ses épaules. Quand il toucha sa peau, il éprouva comme un choc électrique. Anne était ravissante dans le deux-pièces rayé qui mettait en valeur ses formes longues et musclées. Il faillit se pencher pour embrasser sa nuque et s'empourpra, conscient qu'il n'y avait dans la demande de son amie aucun désir de le séduire ou de lui plaire.

Pour elle, il n'était qu'un bon copain, le complice qui l'accompagnait dans ses équipées les plus folles. En revanche, il devinait que Quentin l'attirait beaucoup plus qu'elle n'acceptait de le reconnaître. Anne avait raison : il était jaloux. Jaloux de ce garçon qu'ils avaient pour charge de combattre et si possible d'éliminer.

— La situation est compliquée mais délicieuse, reprit-elle. Je profite à fond de la vie. Tu ne trouves pas qu'on s'amuse ? Regarde ces gens... Je suis certaine qu'ils adoreraient vivre les mêmes aventures que nous.

Simon observa la foule bruyante qui se pressait autour d'eux et eut une moue dubitative.

— Anne, rien de ce qui nous arrive n'est normal ! Ce n'est pas un jeu, seulement tu ne veux pas t'en rendre compte. Ces gens, Azael veut les rayer de la surface de la terre ! Tu oublies qu'il est un démon ! Grâce à nous, il s'est mis en quête de la statue de son maître. Et quand il sera parvenu à attirer Baalzébuth dans notre monde, on...

Il s'interrompit, conscient qu'il parlait trop fort. À deux mètres d'eux, une petite fille et sa mère le fixaient avec des yeux ronds.

— On quoi ?

— Laisse tomber, murmura-t-il en versant de la crème sur les reins d'Anne.

Quelle situation absurde, songea-t-il en la massant. Il se sentait plus proche des deux sorciers qu'il devait affronter que d'Azael. Mais jamais il ne trahirait Anne pour eux. Il tenait trop à elle, qui ne tenait pas à lui.

Le visage de Quentin lui apparut, si net qu'il se releva d'un bond, plongea dans l'eau fraîche et ne refit surface qu'à l'autre bout du bassin. Les rayons du soleil se reflétaient dans ses yeux devenus jaunes et il sut qu'il devait se reprendre s'il ne voulait pas que son corps se couvre de poils noirs et drus et que des hurlements de loup furieux s'échappent de sa gorge nouée.

LE REVENANT

Une rafale de vent plus violente que les autres projeta, en dépit des volets fermés, une pluie de sable crépitante sur la vitre. C'était le seul luxe que Moktar s'était permis, quand il s'était retiré dans ses montagnes. Aidé de son neveu, il avait installé une fenêtre qui lui permettait d'embrasser du regard la vallée et la montagne. Et les couchers de soleil !

Le vieil homme désigna les verres fumants à son hôte. Celui-ci le remercia et en saisit un à pleine main. Moktar s'attendait à ce qu'il hurle mais il le porta lentement à sa bouche et avala la boisson bouillante d'un trait. « C'est impossible, pensa Moktar, il devrait se tordre de douleur. »

Nicolas s'absorba dans la contemplation d'un ruban de terre rouge que les bourrasques poussaient sous la porte et déclara, sans préambule :

— En vérité, je ne cherche pas la vallée des Deux-Sources mais la grotte des Djinns.

Moktar s'efforça de contenir le tremblement qui gagnait ses doigts. Il but une gorgée de thé à la menthe, sirupeux et parfumé, sans aucun plaisir. Ses pressentiments étaient justifiés. Ce garçon n'était pas un simple touriste.

— Personne ne sait où se trouve la grotte des Djinns, répondit-il avec réticence. Certains prétendent qu'il s'agit d'une légende.

— Et vous, que prétendez-vous ? Depuis le temps que vous vivez ici, avez-vous entendu parler d'événements bizarres qui y seraient survenus ?

— Ce qui est bizarre, répliqua Moktar, c'est que vous connaissiez l'existence de cette grotte !

Il se tut et observa l'effet de ses paroles sur son interlocuteur. Celui-ci ne se troubla pas.

— Vous vous demandez comment son nom m'est parvenu alors qu'elle n'est mentionnée sur aucune carte officielle…

Moktar hocha la tête.

— Je me suis appuyé sur un document retrouvé dans les ruines d'un château médiéval, en France. Un manuscrit du XIIe siècle en langue arabe.

— Et que dit-il ? interrogea le vieil homme.

En dépit de son inquiétude, il était fasciné par son étrange visiteur. Ses manières raffinées lui rappelaient celles des professeurs français qui l'avaient formé au lycée de Rabat.

— Il mentionne l'existence d'un temple ancien creusé dans une grotte. Là, serait conservée une idole maudite. Le texte précise que les gardiens de ce temple moururent, tués par une épidémie apportée par des mouches…

Une lueur s'alluma dans les pupilles de Moktar.

— Cette histoire court dans nos montagnes, en effet. Mon père me l'a souvent racontée quand j'étais enfant. C'est hélas tout ce que je peux vous en dire.

– Ce n'est pourtant pas ce que votre ami Ibrahim Benaïssa m'a révélé ! Ce sont ses cauchemars qui m'ont attiré. J'adore les cauchemars des humains, ils sont si proches du monde auquel j'aspire.

Moktar sentit son cœur cesser de battre. Il avait à peine prêté attention aux mots du garçon, qui lui semblaient les élucubrations d'un dément. En revanche ses propos concernant Brahim l'avaient épouvanté. Brahim avait parlé, alors qu'il avait juré de se taire, au nom de leur ancienne amitié. Au nom de son intérêt aussi car Moktar n'avait jamais manqué de lui verser l'argent qu'il lui avait demandé, des années durant. Peut-être aurait-il mieux agi en retournant avec lui dans la grotte et en le…

Un bruit lui fit lever les yeux. Le garçon s'était redressé et le fixait avec une expression ironique, comme s'il devinait ses pensées. Se pouvait-il qu'il fût un policier ? Non, il était trop jeune. Il ressemblait plutôt à une personnification du remords.

L'air était devenu glacial et la lampe à pétrole que Moktar avait allumée ne parvenait pas à chasser les ombres. Et puis il y avait l'odeur, un curieux parfum épicé qui saturait l'atmosphère et lui tournait la tête. Pour la première fois, il regretta que Kelb se soit sauvé. Sa présence aurait dissuadé ce garçon de tenter quoi que ce soit contre lui.

Nicolas sourit plus largement encore, dévoilant une éblouissante dentition.

– Les chiens me craignent, lâcha-t-il avec nonchalance. Le vôtre m'a senti de loin. Il est prudent, il m'a fui.

S'approchant du brasero, il tendit la main et l'y enfonça. Moktar se leva et cria :

— Arrêtez, vous êtes f…

Le berger se tut, paralysé par l'horreur. Insensible à la chaleur, le garçon tisonna les braises de ses doigts nus puis en retira trois morceaux écarlates avec lesquels il jongla, aussi habile qu'un saltimbanque. Enfin, il ouvrit une bouche énorme, les goba l'un après l'autre comme s'ils avaient été des grains de raisin et les croqua.

— Voilà pour le hors-d'œuvre, déclara-t-il en soufflant un rond de fumée en direction de Moktar.

Éberlué, le vieil homme voulut l'éviter mais celui-ci accéléra l'allure et cercla son cou sans qu'il puisse l'en empêcher. Un geste du garçon et l'étrange collier se resserra sur la gorge de Moktar qui batailla pour l'arracher. Il roula à terre, sentant ses forces l'abandonner. Il était sur le point de s'évanouir, asphyxié, quand l'air afflua dans ses poumons. Imperturbable, Nicolas le considéra.

— Je crois que vous avez une histoire à me raconter. Une histoire que je brûle d'entendre ! Nous allons raviver le souvenir d'un certain Youssef. Un de vos proches amis, n'est-ce pas ?

Moktar eut l'impression de tomber dans un précipice. La folie le gagnait, c'était la seule explication possible ! Dehors les hurlements du vent se calmèrent. Un son étrange les remplaça. Le berger se releva, les jambes chancelantes. Il avait reconnu un bruit semblable à celui qu'auraient produit des myriades d'insectes volant de concert. Des mouches pour être précis. Des milliards de mouches bourdonnantes… Moktar pensa à une légende grecque entendue naguère, celle des Érinyes, déesses des remords, qui, inlassables, poursuivaient les humains coupables de crimes, comme des mouches…

— Qui êtes-vous ? murmura le vieillard en grimaçant de douleur.

Chaque mot lacérait sa gorge.

— Je suis un revenant ! ricana l'adolescent. Un possédé ! Et malheur à ceux qui tentent de se mettre en travers de ma route.

LA PROMESSE

Violaine conduisait en silence, les yeux rivés sur la route.

— Tu penses au manuscrit qu'Azael nous a volé? demanda Quentin.

— Comment faire autrement? répondit la sorcière. On le lui a servi sur un plateau! Si encore j'avais eu le temps de le déchiffrer…

Son compagnon s'abstint de répondre. Sans l'envoûtement dont il avait été victime, l'étui de cuir et son contenu seraient toujours entre leurs mains. Amer, il songea qu'Anne et Azael l'avaient manœuvré comme un enfant.

— Bref, ajouta Violaine, on se retrouve à la case départ. Et on ignore où se cache Azael. Il peut être n'importe où…

Elle émit un claquement de langue contrarié.

— Notre seul atout, c'est Simon. S'il avait engagé le combat avec moi, il aurait offert à Anne les précieuses minutes qui lui auraient permis de faire de toi un vampire. Or il m'a encouragée à te porter secours. Sois-en conscient, Quentin, tu as un rival.

Un rival pourvu de solides mâchoires. C'est peut-être un avantage pour nous, si l'on n'accumule pas les maladresses.

— À l'avenir, dit le garçon d'une voix confuse, j'essaierai de ne pas te décevoir.

La sorcière déboîta pour doubler un camion et se rabattit.

— Tu ne m'as pas déçue. Nous avons affaire à un adversaire de première force, c'est tout. Il faut que tu prennes la mesure de ce que tu peux accomplir ou pas. Avec les démons, tu te débrouilles bien. Ton talon d'Achille serait plutôt les filles...

Son sourire en coin n'échappa pas à Quentin. Il bougonna :

— Pas les filles, une fille !

— Et pas n'importe laquelle, je le reconnais ! Je te rappelle que lorsque je suis arrivée, cette fascinante demoiselle était en train de te vider de ton sang. Et toi, tu souriais aux anges ! Remercie-moi d'avoir annulé à temps les effets de sa morsure.

Quentin palpa sa gorge. Les deux plaies le picotaient toujours. Il lui sembla entendre Anne lui murmurer à l'oreille : « Je t'ai dit que tu étais à croquer. J'étais sincère... »

— Anne n'est pas mauvaise, j'en suis sûr, elle est victime d'un envoûtement. Elle ne suivra pas Azael jusqu'au bout.

— Ah oui ? Et qu'est-ce qui te fait croire ça ? Tu penses qu'elle le trahira pour tes beaux yeux ?

Sentant le terrain miné, Quentin préféra changer de conversation. Depuis qu'ils avaient quitté Tiffauges, les paroles de Gilles de Rais n'avaient cessé de trotter dans sa cervelle.

— Que comptes-tu faire ? Vas-tu respecter ta promesse et chercher à savoir d'où tu viens ? Après tout, Gilles de Rais ne peut rien contre toi.

Sa question frappa de plein fouet Violaine dont les doigts se crispèrent sur le volant.

— Je n'ai jamais manqué à ma parole, Quentin, même si celui à qui je la donnais était un scélérat, et j'ai besoin de savoir ! Une seule personne au monde connaissait le secret de ma naissance, ma mère. Mais quand je l'interrogeais, elle répondait : « Plus tard ! »

Depuis la mort de son père, Quentin s'était souvent demandé si le temps était un remède au chagrin. Le tremblement dans la voix de Violaine lui confirma qu'il n'en était rien.

— Veux-tu invoquer la Galafre comme tu as invoqué Gilles ? interrogea-t-il avec une inquiétude qu'il ne chercha pas à masquer.

La sorcière pâlit.

— Non, je ne m'en sens pas le courage.

— Alors qu'est-ce que tu proposes ?

Violaine avait aperçu un panneau indiquant une aire de stationnement. Elle rétrograda et se gara.

— Il y a une autre solution. Retourner dans le passé et lui poser la question.

— C'est de la folie ! s'exclama Quentin.

— C'est indispensable ! Les insinuations de Gilles de Rais et d'Azael me dévorent. Il faut que je sache.

Un camion passa à vive allure, ballottant avec violence leur véhicule. Violaine sursauta. Elle n'avait dormi que quatre heures sur le bord de la Sèvre. À peine réveillée, elle avait insisté pour qu'ils reprennent la route de Comberoumale. Quentin observa ses yeux cernés, ses traits creusés et comprit qu'elle était à bout de forces.

— Il faut que je sache, insista Violaine. Gilles de Rais et Azael ont affirmé que j'appartenais à leur camp. Je dois comprendre pourquoi. Je dois apprendre l'identité de mon père. Durant mon enfance, j'ai respecté le silence de ma mère. Sa mort m'a privée d'explications. Aujourd'hui, je n'ai plus le choix.

Quentin sentit la bague à son majeur devenir brûlante.

— Seule, tu ne peux pas y parvenir. Tu vas avoir besoin des Passeuses.

— Je sais, reconnut Violaine, et il me faudra payer un prix pour cela. Ensuite, une maladresse de ma part et le présent s'en trouvera transformé. Je te promets d'être prudente. Je me contenterai de parler à ma mère et je rentrerai aussitôt.

— Tu veux que je vienne avec toi ?

— Non, tu dois rester et veiller.

« Ça, ce n'est pas gagné, pensa Quentin, compte tenu de mes précédents succès. » Violaine jeta un coup d'œil dans le rétroviseur et démarra.

— Je serai absente deux jours au plus. Fais-moi confiance, je reviendrai. Pendant ce temps, cherche sur Internet des traces de la statue de Baalzébuth. On ne sait jamais. Je suis persuadée que tu es capable de dénicher des informations intéressantes.

ơ

Violaine déposa Quentin rue des Bas-Fossés en fin d'après-midi.

— Tu es sûre que tu ne veux pas que je t'accompagne chez toi, ne serait-ce que pour t'aider à partir ?

Il prit ses mains et les tint serrées entre les siennes. Émue, elle se pencha et l'embrassa.

— Non, laisse-moi régler cela seule. Allez, je ne serai pas longue. Veille sur ta mère.

Elle cligna de l'œil.

— Pense aussi à suspendre de l'ail aux fenêtres et à ne pas laisser entrer de belles inconnues !

— Promis ! répondit Quentin en claquant la portière.

Il franchit la grille et marcha jusqu'à la maison en tentant de se donner une contenance. Sa mère ne devait pas lui trouver une mine défaite.

Officiellement, il venait de passer deux jours merveilleux à visiter des châteaux. Pas à convoquer le spectre d'un assassin, à affronter un démon, un loup-garou et un vampire…

LES PASSEUSES

À peine entrée chez elle, Violaine monta au grenier et, fouillant dans ses malles, chercha des vêtements qui n'attireraient pas l'attention là où elle se rendait. Elle opta pour une ample robe de drap bleu sur laquelle elle passa une houppelande feuille-morte et se chaussa de bottes de cuir.

Ensuite, elle sortit d'une armoire un pot qui contenait des graines boursouflées et rougeâtres. Elle en préleva trois qu'elle disposa en triangle sur le plancher et les toucha trois fois de son bâton. Son visage, déjà pâle, blêmit encore. À chaque sort qu'elle employait, elle puisait dans ses forces vacillantes.

Voyager dans le passé supposait l'assistance de puissantes créatures, et celles à qui elle allait s'adresser l'étaient dangereusement. Mais il y avait urgence. Azael avait peut-être déjà retrouvé la statue de Baalzébuth.

— Que nous veux-tu ?

Violaine tressaillit. Trois vieilles femmes se tenaient là où elle avait posé les graines et l'observaient. Elles se ressemblaient de manière hallucinante : mêmes traits émaciés et hautains, même tunique grise et informe, mêmes membres secs. On aurait dit trois mantes religieuses, à la manière dont elles tenaient leurs bras décharnés repliés le long du torse.

La première avait une paire de ciseaux à la main, la deuxième de longues pinces et la dernière une bobine de fil et une aiguille courbe. Un caquètement ininterrompu émanait de leurs lèvres entrouvertes.

Les Passeuses savaient ouvrir les portes entre les mondes et les siècles. Elles étaient immortelles et l'on affirmait qu'elles connaissaient le passé, le présent et l'avenir. Jamais elles n'avaient daigné pourtant confirmer ou infirmer ces allégations.

S'inclinant avec humilité, Violaine déclara :

— Bonjour Passeuses, j'ai besoin de votre aide.

— Besoin de notre aide ? ricana celle qui tenait les ciseaux. Voilà longtemps qu'une sorcière ne nous avait demandé un service !

— Nous ne sommes plus très nombreux. Les miens se meurent peu à peu.

— C'est la magie entière qui se meurt ! s'exclama la vieille femme à la pince. Mais là n'est pas le sujet, semble-t-il. Où veux-tu te rendre ?

— Dans mon passé.

La Passeuse qui tenait la bobine et l'aiguille hocha la tête.

— Dans ton passé ? Quelle idée saugrenue ! Est-ce bien raisonnable ?

Violaine avala sa salive avec difficulté.

— J'ai besoin de rencontrer ma mère.

Un cliquetis de ciseaux s'éleva. Violaine, fascinée, observa les doigts grêles qui faisaient claquer les lames.

– Alors, il va falloir te renvoyer très loin dans le temps, dit la Passeuse, car je devine que ton âge se compte en siècles et non en années comme pour la plupart des humains. (Elle soupira.) Pour ma part, l'éternité est un fardeau dont je me passerais volontiers. Sois sincère et dis-nous d'où te vient ce si précieux don ?

– D'un démon, répondit Violaine à contrecœur.

– D'un démon ! s'écrièrent les Passeuses à l'unisson. Eh bien prends garde, car jamais un démon n'offre un présent à un humain sans espérer en tirer profit tôt ou tard.

– C'est précisément pour comprendre la raison de ce présent que je dois emprunter les couloirs du temps. M'aiderez-vous ?

Son ton était suppliant. Les Passeuses se rapprochèrent, mi-dansant mi-claudiquant, et tinrent un conciliabule à voix basse en lui jetant de fréquents coups d'œil. Enfin, elles s'adressèrent à la sorcière.

– Que peux-tu nous offrir ?

– Je n'ai que ma vie, balbutia Violaine.

Les trois vieilles femmes passèrent une langue gourmande sur leurs lèvres ridées. La Passeuse aux pinces déclara :

– Une vie d'humain est une maigre pitance et notre appétit est immense. L'âme d'un démon serait à la mesure de notre faim mais c'est un mets difficile à obtenir. Nous acceptons cependant de t'aider, à une condition...

– Laquelle ?

– À l'heure dernière, tu nous obéiras en tous points et tu prendras la place qui sera la tienne. Le jures-tu ?

La sorcière observa les Passeuses. Elle ne comprenait pas les termes de ce marché mais n'était pas en mesure de les discuter.

— Vous avez ma parole et je mourrais plutôt que de ne pas la tenir.

— Très bien, dit la Passeuse aux ciseaux. Nous allons t'offrir trois pas dans le temps.

— Deux suffiront, répondit Violaine étonnée. Un pour aller dans le passé, un pour revenir au présent.

— Nous t'en offrons trois, insista la Passeuse, et ne nous perdons pas en discours inutiles !

D'un geste de couturière, elle fendit l'air de ses ciseaux. Il y eut un bruit de déchirure et l'espace s'entrouvrit, laissant filtrer une lumière bleutée. Celle qui tenait les deux pinces écarta les lèvres de la blessure ouverte dans le tissu du monde.

— Dépêche-toi d'entrer ! ordonna-t-elle.

Violaine se baissa et franchit l'étrange brèche. À peine eut-elle disparu que la dernière Passeuse prit son fil, son aiguille, et recousit l'accroc. Quand il ne resta plus aucune trace de l'ouverture, les trois vieilles femmes se sourirent.

— Cette humaine va au-devant d'étonnantes révélations, déclara la Passeuse à l'aiguille. Peut-être n'aurait-elle pas dû partir car il lui faudra opérer le choix le plus déchirant de sa vie et, ainsi, sceller son destin et le destin de ceux qu'elle aime.

— C'est juste, ma sœur, répondit la Passeuse à la pince. Mais tels sont les humains, impatients de courir à la catastrophe.

Elle émit un gloussement et regarda ses sœurs avec gaieté.

— A-t-elle vraiment compris les termes de notre marché ?

— Comment le pourrait-elle ? lança la Passeuse aux ciseaux. Nous seules possédons la science du futur. Mais elle n'aura pas à se plaindre.

Elle marqua une pause puis ajouta :

— Et moi non plus !

Les Passeuses se prirent les mains et entamèrent une ronde raide et maladroite, caquetant à l'unisson :

— Moi non plus… Moi non plus…

LA GROTTE DES DJINNS

Sahara occidental

Azael parcourait depuis deux heures un sentier sur le flanc du djebel quand il aperçut l'arbre mort aux branches levées comme des bras.

Le repère que lui avait indiqué Moktar.

En contrebas s'étendait un désert de rocaille. Du gris, de l'ocre, du jaune et du rouge à perte de vue, semés de vert sombre, là où une végétation entêtée avait trouvé assez d'eau pour croître et s'épanouir.

Le garçon s'arrêta et savoura le panorama. Ce qui restait d'humain en lui était sensible à la beauté dévastée des lieux tandis que sa part obscure le poussait sans cesse vers l'avant, impatient d'atteindre le but qu'il s'était fixé.

Quelle jubilation de forcer les êtres et les choses à plier devant lui, de savoir que l'avenir était une pâte malléable qu'il modelait à sa guise ! Désormais, la terre était un monde réenchanté, un immense terrain de jeu sur lequel il disputait une partie qu'il comptait emporter, quel qu'en soit le prix à payer…

Le prix à payer, songea-t-il, c'était son éternelle solitude. Pour les hommes, il était et resterait un objet de crainte et de détestation, jusqu'à ce que le royaume du Maître advienne. Alors, il recevrait la place et le respect qui lui étaient dus.

— Haïr délivre, murmura Azael.

Ses pensées se tournèrent vers les deux humains qu'il avait recrutés. La fille lui plaisait. Elle était douée, pleine d'initiatives et avait séduit Quentin avec une facilité qui l'avait laissé pantois. Elle serait un maître atout s'il perdait ses moyens à chaque fois qu'il se trouvait face à elle.

Simon semblait moins fiable. Il s'était montré incapable de neutraliser Violaine alors que trente loups l'accompagnaient. Mais c'était une sorcière de grand talent et les siècles l'avaient aguerrie. Ce garçon se rattraperait la prochaine fois. Du moins l'espérait-il. Sinon…

Dix minutes plus tard, il posait la main sur le tronc rugueux du vieil arbre, aussi dur et sec que le sol dans lequel il avait poussé avant de mourir. Ses yeux cherchèrent le second repère que Moktar lui avait indiqué, un bloc de pierre en forme de tête de chèvre à vingt mètres en hauteur. L'ascension était périlleuse mais il se hissa le long de la paroi avec facilité. Ses mains s'agrippaient au rocher comme les pattes d'un insecte et il rampait sur la roche plutôt qu'il ne l'escaladait.

Il atteignit enfin une corniche d'un mètre de large. Le vieux Moktar lui avait expliqué en pleurnichant qu'il était monté là, autrefois, avec Youssef et Brahim, dans l'espoir d'y découvrir un nid de rapace. Ce qu'ils avaient trouvé avait dépassé leurs espérances.

Azael s'accroupit. Une galerie s'enfonçait sous la montagne. Sans un regard en arrière, il s'y engagea. L'obscurité ne le gênait pas, il s'y déplaçait comme en plein jour. Au bout d'une vingtaine de pas, il découvrit, au ras du sol, l'étroit boyau dont le berger lui avait parlé et il s'y glissa. Ensuite, il rampa jusqu'à apercevoir une lueur. Il déboucha dans une grotte d'une parfaite rotondité. La lumière tombait en faisceaux cylindriques du plafond que d'habiles sculpteurs avaient creusé puis habillé de rosaces.

L'effet était saisissant : la salle paraissait ceinturée de barreaux étincelants. Le long des parois, s'élançaient des piliers sculptés dans la pierre. Des frises couraient sur leur surface. Ils étaient surmontés de chapiteaux ornés de figures grimaçantes et d'animaux fabuleux. L'extrémité de la salle disparaissait sous les éboulis, ensevelissant pour partie ce qui ressemblait à un autel. Des statues renversées et brisées jonchaient le sol. Azael devina que c'était par là, à l'origine, que les fidèles accédaient au temple. Un effondrement avait condamné le passage, l'enfouissant sous des tonnes de rochers.

D'après la légende consignée dans le manuscrit que Violaine et Quentin avaient découvert, le dernier des gardiens, héritier de Mesh le Babylonien, avait déclenché un tremblement de terre avant d'être terrassé par la maladie apportée par les mouches. Il condamnerait ainsi, espérait-il, l'accès à la statue dont les siens avaient la garde. Il ignorait le passage souterrain que trois jeunes écervelés emprunteraient des siècles plus tard, attirés par l'entité qui veillait dans sa geôle de pierre.

Azael s'immobilisa. D'infimes vibrations parcouraient l'atmosphère. Ce qu'il cherchait était dissimulé non loin et distillait des ondes délicieuses auxquelles il était sensible. Il se réjouit, reconnaissant un mal ancien qui s'efforçait de contaminer ceux qui entraient. Un mal qui n'avait qu'un seul désir, se reproduire à l'infini, tel un virus. Un mal qui attendait sa venue depuis deux millénaires.

Le démon se dirigea vers le centre de la grotte et aperçut le cadavre desséché. L'arrière du crâne avait été enfoncé par un coup violent. Une pierre aux angles aigus gisait abandonnée à ses pieds. Azael revit le visage défait de Moktar. C'est la voix entrecoupée de sanglots que le vieux berger lui avait raconté sa pitoyable histoire.

LES MOUCHES

— Nous avions dix-sept ans, Youssef, Brahim et moi et nous étions depuis l'enfance trois amis unis comme les doigts de la main. Brahim était le fils du boulanger et reprendrait un jour son commerce. Youssef serait berger, comme son père. Moi, j'étais un élève doué. On m'avait alloué une bourse et, huit mois par an, j'étais interne dans un lycée de Rabat. Pendant les vacances, je retrouvais mes deux compagnons. La montagne n'avait pas de secrets pour nous et nous passions nos heures de liberté à l'explorer.

Il y avait aussi Khadîdja, la fille du forgeron. Nous avions grandi ensemble et je l'avais toujours aimée, rêvant de l'épouser un jour. Hélas pour moi, elle ne voyait que Youssef, le beau Youssef aux yeux verts que toutes les filles du village convoitaient.

Je jalousais mon ami mais personne n'en savait rien, à l'exception de Brahim, mon confident. Cependant, j'imaginais mal que les parents de Khadîdja accordent la main de leur fille à Youssef, un simple berger, alors que moi, fort des diplômes que j'obtiendrais, je deviendrais un homme important et fortuné. Il me suffisait d'attendre mon heure.

Un jour, Brahim et moi sommes partis pour une de nos expéditions. J'avais remarqué une saillie rocheuse où j'espérais trouver l'aire d'un grand rapace. Nous avions atteint l'arbre mort qui me servait de repère quand une voix nous a interpellés.

Échappant au regard de son père, Youssef avait abandonné son troupeau et nous avait suivis. Il savait que nous allions explorer un endroit inconnu et n'aurait manqué cela pour rien au monde.

Nous sommes montés tous les trois jusqu'à la corniche. C'est moi qui ai aperçu la galerie à demi dissimulée par un éboulis. Aidé de mes amis, je l'ai dégagée et je m'y suis engagé. Je n'éprouvais aucune crainte, j'étais comme appelé par une voix qui me guidait. Mes compagnons étaient terrorisés, pourtant ils n'auraient pas toléré de passer pour des lâches et ils m'ont suivi.

Bientôt une faible luminosité est apparue à l'extrémité du couloir. Nous avions entendu parler de la grotte des Djinns par les anciens du village mais nous n'espérions pas la découvrir. Nous sommes arrivés dans une magnifique salle souterraine. Le plafond était percé d'une multitude d'orifices qui permettaient d'y voir comme en plein jour. Je ne connaissais pas grand-chose à l'histoire ancienne, toutefois je comprenais qu'il y avait autour de nous assez de vestiges du passé pour que la moitié des archéologues de la planète accourent.

Youssef ne tenait plus en place, il s'extasiait, hurlait que nous allions devenir riches et célèbres. Je ne disais rien. Brahim non plus. C'était le moins malin de nous trois et il avait l'air dépassé par notre découverte. Moi, je désirais la garder pour nous seuls. Je n'avais pas envie que des hordes de touristes pullulent dans nos montagnes. Je ne voulais pas que Youssef tire argent et réputation de ce que moi, Moktar, j'avais découvert. Je ne voulais pas que Khadîdja l'admire pour ce qu'il n'avait pas fait et qu'il l'épouse pour s'être contenté de me suivre.

Une haine insurmontable s'est emparée de moi. Une voix hurlait dans mon crâne. Elle m'affirmait que Youssef ne devait pas parler, qu'il n'avait aucun droit sur ce qu'abritait cette grotte ! Profitant de ce qu'il me tournait le dos, j'ai ramassé un éclat de roche et je lui ai fracassé le crâne.

Il s'est effondré.

Brahim était pétrifié. Ses yeux allaient du cadavre à la pierre ensanglantée que je serrais dans ma main. Je devais avoir l'air possédé car il s'est jeté à terre et m'a supplié de l'épargner. J'ai laissé tomber mon arme improvisée et je lui ai ordonné de garder le silence. Personne au village ne savait que Youssef était avec nous. Nous rentrerions et nous nous inquiéterions comme les autres de sa disparition. Ensuite, qui vivrait verrait. Brahim grelottait, anéanti par la peur. Il a juré de se taire sur ce qu'il avait de plus sacré.

Mon scénario s'est déroulé ainsi que je l'espérais. Personne n'a soupçonné que Youssef nous avait suivis. Les hommes du village l'ont cherché des jours durant. On a fini par penser qu'il était tombé dans une crevasse et que jamais la montagne ne rendrait son corps.

Khadîdja était inconsolable mais moi, j'espérais que bientôt elle l'oublierait. La rentrée approchait, je suis reparti pour Rabat.

Les années ont passé. Brahim, fidèle à son serment, s'est tu. Je suis devenu fonctionnaire dans un ministère. Je gagnais confortablement ma vie. Les parents de Khadîdja ne se sont pas opposés à notre union quand mes parents en ont fait la demande. Brahim ne me réclamait rien mais je lui ai donné de l'argent, pour prix de son silence. Il y a pris goût et c'est lui qui m'en a ensuite réclamé. Khadîdja et moi nous sommes installés à Casablanca, puis à Rabat.

J'ai vécu quarante ans de bonheur sans nuage avec ma femme mais, au plus profond de mon cœur, je savais que ce bonheur était fondé sur un crime. Après la mort de Khadîdja, j'ai décidé de revenir dans mes montagnes, obéissant à une voix lointaine qui m'intimait d'expier ma faute dans la solitude. Depuis lors, je vis dans le remords.

☿

Moktar, prostré, avait achevé son récit sur ces mots. Le garçon l'avait alors sommé de lui expliquer comment gagner la grotte des Djinns. Le berger s'était exécuté, puis il avait demandé :

— Qu'allez-vous faire, maintenant ? Me dénoncer ? Me tuer ?

Il avait éclaté de rire et Moktar, terrifié, avait cru voir trois énormes mouches sortir de sa bouche, tourner dans les airs avant de s'évanouir au-dessus de sa tête.

Gagnant le seuil, l'étranger avait lancé :

— Je vais faire pire, vieil homme, je te laisse la vie. Il n'est pas dit que tu y gagnes !

La porte s'était refermée et le bruit de ses pas avait décru. Moktar, soulagé, s'était effondré sur une chaise. Alors, il avait entendu le bourdonnement. Machinalement, il avait cherché des yeux les insectes. La pièce était vide.

Le son, insupportable, grinçant, s'élevait à l'intérieur de son crâne et il avait compris que rien ni personne ne pourrait l'apaiser.

LA CRYPTE

Azael pouffa et toucha le cadavre de Youssef du bout de sa chaussure. Les ondes maléfiques étaient de plus en plus fortes, de plus en plus impatientes. Elles avaient infecté Moktar quand, rongé par la jalousie, il s'était introduit ici. Le démon observa la salle, s'attardant sur les niches creusées dans la paroi. Des formes voilées paraissaient y veiller en silence. Où les gardiens-sorciers avaient-ils dissimulé la statue de son Maître ?

Un signe, il lui fallait un signe !

Il baissa les yeux et son visage s'éclaira. Le cadavre ! C'était le signe qui l'attendait depuis quarante ans ! Il empoigna le corps momifié et le traîna quelques mètres plus loin. Puis il revint s'accroupir à l'emplacement qu'il avait libéré et effleura le sol de sa main.

Dessous, un passage s'ouvrait dans la roche. Il le percevait plus sûrement qu'un sourcier perçoit un courant souterrain. Ses doigts agrippèrent l'arête d'une dalle et il la tira vers lui. La pierre résista puis se brisa dans un claquement sec, révélant un escalier qui s'enfonçait dans les profondeurs.

Aiguillonné par l'excitation, le démon dévala les marches. Ses yeux étincelaient dans l'obscurité et allumaient des reflets rougeâtres sur les murs. Il arriva dans un couloir taillé dans la roche et le suivit pendant une centaine de pas. Les ondes étaient désormais très puissantes, si puissantes qu'elles éveillaient des résonances dans sa chair.

Quand Azael franchit le seuil de la crypte et vit le coffre, un grognement de joie lui échappa. Il en fit le tour, caressant avec respect sa surface sculptée.

La statue du Maître était à lui et sa quête achevée !

Le système de fermeture était rudimentaire. Après avoir manipulé un cliquet, il fit basculer un des côtés.

À l'intérieur se trouvait un second coffre, aussi ouvragé que le premier. Azael l'ouvrit et découvrit une forme trapue entourée d'un suaire. Surpris par sa taille modeste, il la prit et remonta dans la salle aux rosaces. Lorsqu'il la démaillota, un cri de déception lui échappa.

C'était un torse taillé dans une pierre rougeâtre criblée de fins canaux. Il s'en dégageait une odeur forte, épicée. N'eussent été les ailes de chauve-souris repliées dans le dos, on aurait pu croire que c'était celui d'un homme au ventre proéminent et velu. On avait tranché la roche au niveau du cou, des poignets et au-dessus de la taille.

Jetant le suaire sur le sol, Azael poussa un hurlement de rage.

Mesh ou l'un de ses héritiers était parvenu à découper la statue de Baalzébuth ! Où étaient la tête, les mains et les jambes ? Sans doute dispersées afin de rendre impossible la tâche de qui voudrait les retrouver !

Ce misérable stratagème ne le retiendrait pas longtemps. Où qu'elles soient, lui, Azael, l'apprendrait et reconstituerait le corps du Seigneur des Mouches !

Il s'approcha du buste mutilé et y posa ses mains. Une vague de plaisir le traversa tandis qu'une voix lointaine lui parvenait, étouffée par la distance.

— Patience, Maître, murmura-t-il, patience. Les temps sont proches.

TERRAIN DE JEU

Ivre de bonheur, la chauve-souris se laissa emporter par un courant d'air chaud. Elle s'éleva d'une trentaine de mètres puis piqua à une vitesse vertigineuse et fila en direction de l'île de la Cité. Survolant Notre-Dame, elle résista à l'envie de fondre sur les touristes qui arpentaient le parvis pour le simple plaisir de les entendre hurler quand elle frôlerait leurs têtes. Ensuite, elle traversa la Seine, gagna le quai de la Tournelle, remonta la rue de Pontoise puis le boulevard Saint-Germain et s'engouffra par la fenêtre d'un immeuble situé place Maubert.

À peine se fut-elle posée sur le parquet qu'elle reprit forme humaine. Simon l'attendait, vautré sur un canapé.

— Alors, belle balade?

— Géniale, tu devrais essayer!

Son sourire dévoila des dents aiguës.

— Moi mon truc, ce n'est pas de voler, c'est de courir. Mais si je me transforme en loup et que je galope dans les rues, je me fais ramasser par la fourrière.

– Un loup-garou à la fourrière, pouffa-t-elle, ce serait un comble ! Ils finiraient par te piquer. Azael est toujours là ? demanda-t-elle sans transition.

Simon désigna le couloir.

– Oui. Il travaille encore sur ton ordinateur. Bon, je rentre chez moi. Si tu as besoin de quoi que ce soit, tu m'appelles.

Il se leva et l'embrassa. Comme il demeurait immobile, un sourire triste aux lèvres, Anne lui demanda :

– Tu veux me dire quelque chose ?

Le sourire disparut. Simon hésita puis secoua la tête. Il lui adressa un signe de la main et quitta l'appartement. Anne gagna sa chambre.

Azael pianotait, les yeux fixés sur l'écran. Il était rentré trois heures auparavant et leur avait expliqué avec un mélange de jubilation et de déception que la statue de Baalzébuth avait été scindée en plusieurs morceaux. Ils avaient le torse. Il leur restait à retrouver les membres et la tête.

– Entre, lui jeta-t-il.

L'écran était couvert de lignes de codes.

– Qu'est-ce que c'est ? interrogea Anne.

– Un jeu vidéo plus vrai que nature à l'usage exclusif de Quentin. Je suis persuadé qu'il l'adorera, d'autant qu'il y croisera de vieilles connaissances.

Ses doigts reprirent leur ballet effréné sur le clavier. Anne s'assit et attendit patiemment qu'il termine. Au bout d'une dizaine de minutes, le crépitement s'interrompit et le démon se laissa aller sur le dossier de son siège en soupirant d'aise.

– Voilà, j'ai terminé. Reste à le placer dans un endroit stratégique. Attends-moi, je n'en ai pas pour longtemps.

Anne surprise vit son corps se fondre en un brouillard argenté que l'écran aspira. Une trentaine de secondes s'écoulèrent et un flot de particules jaillit de l'ordinateur. Elles s'agglutinèrent et recomposèrent le corps du démon.

— C'est l'expérience la plus divertissante à laquelle je me sois livré depuis que je foule le sol de ce monde ! jubila Azael. Internet est un merveilleux terrain de jeu et je sens que je vais beaucoup m'y amuser. Toi aussi d'ailleurs car j'aurai besoin de ta collaboration sous peu. Te sens-tu capable de devenir une princesse captive d'un abominable dragon ?

— Tout ce qu'il vous plaira, mon maître ! répondit-elle sur un ton joyeux. Retrouverai-je Quentin ?

— Bien entendu, répondit le démon. Notre ami pense avoir condamné les entrées de sa maison. Il en a oublié une, et de taille ! Nous allons lui rendre visite et je compte que, cette fois-ci, tu ne le laisseras pas échapper.

Anne éprouva un pincement au cœur qu'elle ne sut comment interpréter. Était-ce le désir de réussir, ou celui de revoir Quentin ? Elle ne parvenait pas à oublier le contact de sa peau sur ses lèvres.

C'était troublant d'être troublée par un garçon qu'elle troublait. Et son sang était délicieux. Elle avait hâte de le goûter à nouveau.

— Il ne m'échappera pas, assura-t-elle avec gourmandise.

Elle inclina la tête et mordilla son index dans un geste qui lui était familier. Pour la première fois, elle avait envie de séduire un garçon. Dommage qu'il soit sa future victime.

Ou tant mieux, ce n'en serait que plus excitant !

CYBERMONDE

Jeanne fut heureuse de revoir son fils mais s'étonna de son retour prématuré : elle ne l'attendait que le lendemain. Quentin prétexta un problème familial qui avait contraint Violaine à revenir à Comberoumale plus tôt que prévu.

— On n'a pas de nouvelles de Nicolas, lui annonça-t-elle en le serrant dans ses bras. La police et la gendarmerie n'ont aucune piste.

Sa voix se brisa quand elle ajouta :

— Quentin, je suis morte d'inquiétude.

— Moi aussi maman, mais on va le retrouver, j'en suis sûr.

Elle faillit lui parler de ses rêves, des trois vieilles femmes, du désert écarlate, des appels qu'elle croyait entendre quand elle somnolait. Elle renonça. Pourquoi semer le trouble dans l'esprit de son fils alors qu'il ne manifestait plus d'intérêt pour les histoires abracadabrantes dont il faisait son miel autrefois ? Elle l'entraînait vers le salon quand ses yeux se posèrent sur son cou.

— Qu'est-ce que tu as là ? demanda-t-elle en effleurant sa peau tuméfiée. On dirait des piqûres d'insecte.

— J'ai été mordu par un vampire ! répondit Quentin pince-sans-rire.

— Que tu es bête ! Allez, viens avec moi, Claire et Pierre nous attendent. Mais avant, tu vas me désinfecter ça !

Quentin retrouva avec plaisir son oncle et sa tante. Pendant le dîner, ils s'efforcèrent de trouver des sujets de conversations qui éloignent Jeanne de ses préoccupations, mais Quentin ne fut pas dupe de l'air enjoué qu'adoptait sa mère. Ses fréquents froncements de sourcils et les soupirs qui lui échappaient trahissaient ses pensées.

Lorsque l'heure du coucher arriva, Quentin fut incapable de s'endormir. Il resta assis sur son lit, les neurones en ébullition. Où était Violaine ? Comment l'attendre sans être rongé par l'inquiétude ?

Il décida de suivre ses conseils et de chercher des informations concernant Baalzébuth sur le web. Quittant sa chambre sur la pointe des pieds, il gagna celle de son frère. Le portable était posé sur un bureau. Bientôt, le bourdonnement du ventilateur rompit le silence. D'un clic, Quentin se connecta à un moteur de recherche.

Il tapa *pierre de sang* et n'obtint pour seul résultat que le titre d'un roman fantastique. Quand il ajouta *légendes babyloniennes*, le résultat fut plus conséquent. En revanche, pas une seule des pages n'évoquait l'histoire d'Habram ou de Mesh. Il constata cependant qu'un nom revenait souvent, celui d'Arnaud Lavelanet.

Une brève recherche lui apprit que celui-ci, professeur à l'École pratique des hautes études, était le spécialiste français des civilisations mésopotamiennes et akkadiennes. Il avait écrit nombre d'ouvrages très savants et serait certainement en mesure de les renseigner. Quentin bascula sur un annuaire national et trouva deux Arnaud Lavelanet. Le premier vivait à Foix, le second à Paris. Ce dernier était sans doute l'historien qu'il cherchait ! Il nota l'adresse et le numéro de téléphone et allait éteindre l'ordinateur quand une intuition le retint.

— Quels sites Nico a-t-il visités avant sa disparition ? murmura-t-il. Si ça se trouve, il a eu la même idée que moi.

Il cliqua sur l'icône *historique* du navigateur. Une série d'adresses s'afficha. Toutes en rapport avec le piratage informatique et les virus. Il allait cliquer sur la première quand l'écran se brouilla. Un visage apparut.

Quentin retint un cri. Nicolas le contemplait avec un sourire narquois. Il dut se faire violence pour se souvenir qu'il ne s'agissait pas de lui mais d'Azael. Des haut-parleurs jaillit une voix qu'il connaissait bien :

— Tiens tiens, Quentin, on espionne son grand frère ?

— Tu n'es pas mon frère ! rugit Quentin. Qu'as-tu fait de lui ?

Azael cligna de l'œil et son image se dissipa.

— Si tu veux le savoir, attrape-moi !

Quentin jura. Les figures de protection qu'il avait tracées préservaient la maison de toute intrusion mais il n'avait pas pensé au réseau téléphonique ni à Internet : c'était une porte ouverte sur tout, y compris le pire !

L'antique magie n'avait pas prévu les réseaux câblés mais, depuis toujours, elle permettait à ses adeptes les plus incroyables transformations. Quentin tâtonna un instant, croisant au jugé plusieurs formules, puis, lâchant un cri de triomphe, il se transforma en un nuage d'électrons.

Aussitôt, le modem l'aspira.

L'esprit en alerte, il s'élança à une vitesse folle dans un invraisemblable entrelacs de fils électriques, de fibre optique, de câbles coaxiaux et d'ondes satellitaires. Autour de lui, tout n'était que transfert d'informations, impulsions électriques, courants d'énergie. Tel un surfeur, il profitait de ces vagues électroniques pour se déplacer et, bien qu'il n'eût, pour l'heure, ni corps ni yeux, il percevait avec précision le tracé de l'invraisemblable labyrinthe dans lequel il s'était engagé.

Grisé, Quentin le sentait s'étendre autour de lui, aussi vaste qu'un océan. Il s'y déplaçait avec aisance, se fondant aux flux de données, traversant serveurs, centraux téléphoniques et ordinateurs personnels à une vitesse vertigineuse.

Devant lui, l'infime étincelle qu'était Azael fuyait, bifurquant à chaque nanoseconde dans une nouvelle direction. Quentin n'était pas sûr de la rattraper mais il espérait la suivre jusqu'à son point d'origine. Soudain, elle explosa en une myriade de particules. Pendant un milliardième de seconde, elle fut partout, puis elle tremblota et s'éteignit.

Azael était parvenu à le semer, emportant avec lui l'espoir de retrouver Nicolas. Dépité, Quentin se laissa porter par une vague électronique, se demandant une fois de plus s'il était de taille à affronter seul le démon.

À cet instant, il perçut que la porte par laquelle il était passé, à Comberoumale, s'estompait. Encore une seconde et elle aurait disparu.

Faisant volte-face, il s'efforça d'abolir la distance qui le séparait du portable. Il n'en eut pas le temps. Les contours de la frêle ouverture se voilèrent avant de s'effacer.

PARADOXE

Violaine avait l'impression qu'elle n'en finirait jamais de tomber. Quand elle sentit le sol ferme sous ses pieds, elle tendit la main. Ses doigts effleurèrent une surface rugueuse.

— De l'écorce, murmura-t-elle. Je suis dans une forêt.

Elle souleva les paupières et les referma aussitôt, incapable de distinguer quoi que ce fût, comme lorsqu'on a trop longtemps fixé une lumière vive.

— Pas de panique. Pourquoi aurais-je perdu la vue lors de mon déplacement dans le temps ? Cet éblouissement va se dissiper !

Reprenant courage, elle palpa le tronc auquel elle était appuyée. Il était énorme et crevassé. Elle entendit alors un bruit de galopade mêlé d'exclamations et de glapissements. Violaine s'accroupit au pied de l'arbre. Par chance, les nouveaux venus, de l'autre côté du tronc, ne pouvaient la voir.

D'autres cris s'élevèrent, suivis de paroles aboyées, de jurons, de menaces puis du hurlement d'un homme blessé. Au même moment, sa vision s'éclaircit. Elle ne se trouvait pas dans une forêt mais dans une vaste plaine semée de bois et de bosquets. Une éminence rocheuse la dominait. Le cœur battant, elle reconnut, perché sur les hauteurs, le village de Sauveterre tel qu'elle l'avait connu dans sa jeunesse. Violaine adressa un remerciement muet aux Passeuses puis contourna l'arbre.

Le spectacle qu'elle découvrit la laissa sans voix.

Trois garçons d'une saleté repoussante se tenaient face à une jeune fille aux longs cheveux noirs. Elle était adossée à un grand chêne et les dévisageait avec mépris. Le plus grand des agresseurs, le visage déformé par la haine, serrait une pierre entre ses doigts brûlés et en menaçait la malheureuse.

Violaine s'appuya à l'arbre, le souffle coupé. La jeune fille, c'était elle! Quant à ces vauriens, ils se nommaient Arnaud, Guillaume et Renaud, et c'étaient les ignobles assassins qui poignarderaient un jour sa mère!

Cette scène, elle l'avait déjà vécue. Jacques allait donc apparaître d'un instant à l'autre.

Elle s'attendait à l'apercevoir mais, pour une raison qu'elle ne comprenait pas, il n'arrivait pas. C'était inconcevable! Chaque détail de son agression restait gravé dans sa mémoire. Jacques Guernière l'avait arrachée aux griffes de ces trois-là alors qu'elle revenait du marché de Sauveterre où elle avait acheté un ruban. Un rêve prémonitoire avait incité son futur maître à se rendre jusqu'au grand chêne. Or, elle avait beau scruter les lieux, elle ne l'apercevait nulle part.

— D'où sors-tu, la vieille? gronda Arnaud.

Les trois gredins l'avaient repérée et ils avaient l'air aussi mauvais que dans son souvenir.

— Que vous importe ? répliqua-t-elle en se rangeant à côté de la jeune fille. Filez tant qu'il est encore temps.

Une pensée folle lui traversa l'esprit. Si elle les éliminait sur-le-champ, elle éviterait bien des malheurs. Sa mère ne serait pas assassinée, elle ne deviendrait pas l'élève de Jacques et ne libérerait pas Azael de la pierre. Quant à son maître, il ne serait jamais brûlé en place publique.

Violaine essuya son front fiévreux, tiraillée entre des aspirations contradictoires. Avait-elle le droit de modifier ce qui avait été ? Qui savait quelles catastrophes ce choix entraînerait ? Elle tenait entre ses mains la vie des deux êtres qu'elle avait le plus aimés. Devait-elle les laisser aller à la mort sans agir alors qu'elle pouvait la retarder ?

Elle considéra les trois hommes et s'imagina leur ôtant froidement la vie. L'horreur qu'elle éprouva fut telle qu'elle abandonna cette idée. Dans un soupir, elle répéta :

— Filez !

Guillaume secoua la tête et cracha en direction de la jeune Violaine. Celle-ci évita le jet de salive qui s'épanouit en une fleur mousseuse sur le sol poussiéreux.

— Cette fille est une créature du Malin et nous avons un compte à régler avec elle.

— Elle n'en a pas l'allure, répondit la sorcière avec froideur. Je ne vois qu'une enfant terrifiée par du gibier de potence. Si créature du Diable il y a, elle n'est pas là où l'on croit !

Arnaud, Guillaume et Renaud échangèrent des regards entendus. Ils fouillèrent sous leurs bliauds, en tirèrent leurs coutelas et considérèrent leur interlocutrice avec un sourire narquois.

— Toi, la vieille, s'exclama Guillaume, tu vas regretter de t'être mêlée de cette affaire !

Les vauriens voulurent avancer vers les deux femmes. Ils poussèrent des hoquets de surprise qui se muèrent en gémissements terrifiés quand ils constatèrent qu'ils étaient comme cloués au sol.

— Eh bien messeigneurs, ironisa Violaine, avez-vous pris racine ?

Elle se tourna vers la jeune fille abasourdie et lui adressa un clin d'œil.

— Je crois qu'ils méritent une correction.

Sans attendre sa réponse, elle leva son bâton et les étourdit d'un coup derrière les oreilles.

— Viens, dit-elle, ne nous attardons pas. Ils reprendront vite connaissance et je préfère mettre de la distance entre eux et nous.

Ébahie, la jeune Violaine la dévisageait. Dans sa main crispée, la vieille femme aperçut l'extrémité d'un ruban vert. Elle se souvint du plaisir qu'elle avait eu à l'acheter, du sort que Jacques y avait attaché, du jour où elle l'avait noué pour la première fois dans ses cheveux, de ses appels au secours… Deux larmes roulèrent sur ses joues.

— Pourquoi pleurez-vous, madame ? Vous m'avez sauvé la vie. Je ne sais comment je pourrai payer ma dette.

— Tu ne me dois rien.

La sorcière était émerveillée de retrouver son visage si jeune, si lisse et, dans ses yeux, une innocence qui l'avait depuis longtemps quittée. Elle lui tendit la main. Quand leurs doigts se touchèrent, les deux femmes restèrent sans bouger, saisies par une stupeur que de simples mots n'auraient pu expliquer.

– J'ai l'impression de vous connaître depuis toujours, balbutia la jeune fille. Qui êtes-vous ?

Elle montra le bâton que tenait la sorcière.

– Ma mère en a un tout pareil au vôtre.

– Je me nomme Violaine, comme toi. Il faut que je parle à ta mère, la Galafre.

Une ombre inquiète passa sur le visage de son interlocutrice.

– Vous ne lui voulez pas de mal ?

– Non, bien au contraire. J'ai une question à lui poser. C'est très important.

La jeune fille balança un instant puis dit avec grand sérieux :

– Je vous fais confiance. Suivez-moi.

Elles se mirent en route. La jeune Violaine n'osait parler, intimidée par cette femme qui l'avait sauvée. La sorcière se taisait aussi, ébranlée par la tournure des événements. Par quel mystère Jacques n'était-il pas intervenu ?

– Nous voilà chez moi ! annonça Violaine en lui montrant bientôt la forêt des Fadettes.

Violaine fut émue de retrouver les lieux de son enfance et, quand elles pénétrèrent dans les sous-bois, les souvenirs affluèrent, comme si un barrage s'était rompu au-dedans d'elle. Elle reconnaissait les moindres sentes, les layons qu'il fallait suivre pour arriver jusqu'à la clairière où sa mère avait construit sa maison.

L'inquiétude la reprit quand elle songea de nouveau à l'absence de Jacques. Elle était inexplicable. À son corps défendant, elle avait modifié le passé : Jacques Guernière n'avait pas sauvé Violaine ! Or, si le maître sorcier ne rencontrait pas la jeune Violaine, celle-ci ne deviendrait jamais une sorcière. Violaine grimaça. Mais alors, comment pouvait-elle être ici ?

Il y avait là un paradoxe qu'elle ne savait résoudre. Était-ce sa venue qui avait empêché Jacques d'intervenir ou y avait-il une autre raison qui lui échappait ? Pour le moment, mieux valait se concentrer sur ce pour quoi elle était venue : apprendre de la bouche de sa mère qui elle était et pourquoi Gilles de Rais avait prétendu que le mal était en elle.

Elle relevait sa robe pour enjamber une branche quand une voix familière l'interpella :

— Que faites-vous dans ces bois en compagnie de ma fille ?

Jaillie de nulle part, la Galafre la toisait. D'un mouvement brusque de la tête, elle rejeta ses longs cheveux en arrière et s'appuya sur son bâton.

— Maman, cette dame s'appelle Violaine, comme moi, et elle m'a sauvé la vie ! s'exclama la jeune fille sur un ton de reproche.

Violaine, pétrifiée, était incapable de prononcer une parole tant l'émotion la submergeait. Sa mère était si belle, si jeune, en dépit de sa chevelure prématurément blanchie. Toujours sur ses gardes, la Galafre détailla l'arrivante et fronça les sourcils. Les traits de cette femme lui étaient familiers bien qu'elle ne l'eût jamais rencontrée. Une expression incrédule s'afficha sur son visage quand elle remarqua son bâton. Il était identique au sien.

— C'est impossible ! balbutia la Galafre.

Violaine, incapable de se contenir plus longtemps, laissa éclater sa joie d'avoir retrouvé celle qu'elle avait couchée dans sa tombe, voilà une éternité. Pour la seconde fois, des larmes roulèrent sur ses joues.

Troublée, la Galafre s'avança et souffla à son oreille :

— Toutes les fibres de mon être me crient qui vous êtes et pourtant, je ne peux le croire.

La vieille femme désigna l'adolescente qui les dévisageait sans comprendre. S'efforçant de dissimuler son trouble, la Galafre fit signe qu'elle avait compris et déclara :

— Pardonnez ma rudesse, madame, et acceptez mon hospitalité. Vous me raconterez ce qui est arrivé à ma fille et comment vous êtes parvenue jusqu'ici.

LES NOÛSS

Quentin dérivait, ballotté par le ressac silencieux du cyberocéan. Il percevait, autour de lui, l'écheveau serré du réseau mondial, parsemé de millions de nodules lumineux. Chacun de ces points brillants était un ordinateur, donc une interface ouvrant sur le monde réel. Seulement, comment savoir quelle était la bonne porte ? Il ne pouvait se permettre de les explorer toutes. Autant que possible, il lui faudrait sortir près de Comberoumale, voire dans le village, et pas en Asie ou en Amérique latine.

L'un d'entre eux pourtant l'attirait comme un aimant. Ses nouveaux sens lui indiquaient-ils la meilleure issue possible ?

À cet instant, un fourmillement parcourut le nuage d'électrons qui composait son corps. Quelque chose s'approchait de lui. Quelque chose ou quelqu'un, car il pressentait une activité consciente dans le mouvement de l'arrivant. Azael revenait-il l'affronter ?

En un milliardième de seconde, ce fut là. Quentin aurait été bien en peine de lui donner un nom. La créature échappait à toute nomenclature connue.

Sans contours définis, elle s'apparentait à un agrégat de lignes de programmes harmonieusement organisé. Elle tourna gracieusement autour de lui et l'effleura de ses flagelles virtuels. Quentin ne discerna aucune agressivité de sa part mais une intense curiosité.

∞ *Es-tu un noûss ?*

Sa « voix » avait résonné en inflexions chaleureuses dans la conscience de Quentin. La créature n'avait pas employé de mots, mais une suite d'opérations logiques et mathématiques que Quentin, sous sa nouvelle forme, interpréta sans difficulté.

Cet être pensait ! Il pouvait communiquer ! Surmontant sa surprise, le sorcier adopta le code de son interlocuteur et répondit :

∞ *Non, je suis un humain. Qui sont les noûss ?*

La créature palpita. Apparemment, cette information la surprenait. Quentin perçut son hésitation. Il crut qu'elle allait disparaître, toutefois elle parut se calmer et reprit ses lents tourbillons.

∞ *Nous sommes nés de ce monde,* répondit-elle enfin, *comme vous humains êtes nés du vôtre.*

∞ *Tu veux dire que vous êtes vivants ?* s'étonna Quentin.

Un friselis parcourut la créature. Quentin eut l'intuition qu'il fallait l'interpréter comme un rire.

∞ *Bien sûr ! Pas à la manière dont vous l'êtes, mais vivants tout de même ! Les premières briques de la vie sur terre se sont formées dans la soupe primitive des océans. Un phénomène identique a eu lieu dans cet océan virtuel que constitue Internet. Des fragments de programmes, des lignes de codes, des lambeaux de données se sont assemblés spontanément. Les noûss et bien d'autres ont émergé de ce chaos d'informations. À cette différence près que nous sommes apparus doués de conscience, sans passer par les innombrables étapes que votre espèce a connues.*

Le noûss fut agité d'un curieux remous et ses lignes de codes se recomposèrent soudain. Quentin perçut de l'inquiétude dans ce mouvement.

∞ *Quelque chose te préoccupe ?*

∞ *Oui. Ce que tu m'as appris me surprend. Je ne pensais pas qu'un humain saurait pénétrer l'univers dans lequel je vis ni converser avec moi. Comment as-tu pu abandonner ton corps physique et te transformer à ce point ?*

∞ *Disons,* répondit Quentin, *que je suis un humain un peu particulier. Je ne souhaite pas qu'on connaisse ma présence ici et je me garderai bien de révéler votre existence à mes semblables.*

Les mouvements désordonnés qui agitaient la créature s'apaisèrent.

∞ *C'est en effet préférable, humain. Certains, parmi les noûss, pensent que si les tiens apprenaient notre existence, ils n'auraient de cesse de nous traquer et de nous éliminer comme de dangereux virus informatiques...*

∞ *C'est hélas possible,* reconnut le jeune sorcier. *Les humains ont pourchassé et brûlé ceux qui me ressemblent, voilà des siècles, par ignorance et par peur. Fais-moi confiance, vous pouvez compter sur mon silence.*

Le noûss se rapprocha et Quentin sentit ses flagelles le frôler avec douceur.

∞ *Tu fais preuve de sagesse car, bien que vous ne vous en doutiez pas, l'existence des noûss et celle des humains sont intimement liées. Nous veillons à l'équilibre et à l'intégrité du cyberespace, à l'image de ces bactéries qui tapissent les parois de votre appareil digestif et qui vivent en symbiose avec vous.*

∞ *Veux-tu dire que sans les noûss, Internet ne fonctionnerait pas ?*

L'étrange frémissement que Quentin avait remarqué parcourut à nouveau la créature.

∞ *Sans nous, Internet serait un univers chaotique. Imagines-tu que les noûss sont les seuls êtres nés du cyberocéan ? D'autres sont déjà apparus ou apparaissent encore, parfois bénéfiques, parfois profondément mauvais. Ceux-là, nous les empêchons de nuire…*

∞ *Alors, les tiens et les miens ne sont pas si différents et nous œuvrons pour la même cause, chacun dans notre univers !* s'exclama Quentin.

Une lueur orangée pulsa à l'intérieur du noûss que Quentin interpréta comme un signe d'intérêt.

∞ *Quelle est la raison de ta présence ici ?*

∞ *Je pourchassais un être qui n'appartient pas à votre monde mais qui pourrait le menacer en s'attaquant au mien. L'avez-vous croisé ?*

La créature numérique se contracta et Quentin devina son désarroi.

∞ *Oui, nous l'avons perçu, mais il est rapide, puissant, et il nous a été impossible de suivre sa trace. Ce que je peux t'assurer, c'est qu'il a quitté Internet et que nous en sommes heureux car nous avons senti sa malveillance. Il tramait quelque chose mais nous ignorons quoi.*

∞ *Alors je n'ai plus rien à faire ici,* répondit Quentin. *Il faut que je regagne mon univers mais je ne sais comment y accéder. La porte par laquelle je suis entré a été fermée par celui que je poursuivais. M'aiderez-vous à en trouver une autre ?*

∞ *Ce ne sera pas difficile.*

Les flagelles du noûss se déployèrent. Ils s'étirèrent et semblèrent s'étendre à l'infini.

∞ *Bien que chacun d'entre nous soit unique*, expliqua-t-il, *nous formons une entité collective. En d'autres termes, nous pouvons nous associer à volonté comme les neurones d'un cerveau colossal. Ainsi, je suis en relation avec l'ensemble des noûss qui peuplent le cyberespace et j'ai la réponse à ta question. De nombreux ordinateurs sont connectés à Internet dans le village d'où tu es parti. Choisis celui que tu préfères.*

Parmi les millions de points lumineux qui émaillaient le réseau, une trentaine virèrent au vert et clignotèrent.

∞ *Je ne sais comment vous remercier.*

Le noûss émit des vibrations apaisantes.

∞ *Garde secret ce que tu sais. Cela nous suffit. Et puis, qui sait si nous ne nous reverrons pas un jour ? Si celui que tu combats tente d'investir le cyberespace, il nous trouvera en travers de son chemin. Considère-nous comme tes alliés !*

∞ *J'en suis heureux*, répondit Quentin.

Profitant d'un flux de données, le noûss se laissa emporter et disparut. Quentin se dirigea vers l'une des lueurs vertes. Empruntant le réseau téléphonique, il rejoignit le modem, se glissa dans le disque dur de l'ordinateur et voulut gagner l'écran.

Aussitôt, un étourdissement le saisit et il prit sa tête entre ses mains.

Son front était couvert d'une sueur glacée. Que lui arrivait-il ? Il venait de faire un rêve éveillé… Était-ce un tour de son adversaire ? Dans ce rêve, il était un sorcier doué de pouvoirs extraordinaires. Un nom étrange flottait dans sa mémoire : Quentin Daurevilly.

C'était absurde. Lui se nommait Dorian. Dorian Stoneheart. Et il était un chevalier chargé de délivrer Oliviane, la fille de son roi, des griffes de Heb Bazaltu, le dragon noir.

Se redressant sur sa selle, il flatta l'encolure de son cheval et observa le paysage.

LES VRAIS PARADIS

Tout au long du chemin qui conduisait chez elle, la Galafre se tut. Sa fille la tenait par le bras, lui racontant son escapade à Sauveterre, la chasse que lui avaient donnée les trois marauds et l'intervention de sa salvatrice. Violaine fermait la marche, bouleversée par le spectacle que lui offraient sa mère et celle qu'elle avait été. Par moments, son émotion était si forte qu'elle en éprouvait de douloureux élancements dans le ventre et la poitrine.

Enfin, elles arrivèrent devant une maisonnette de bois coiffée de chaume. Violaine avait l'impression de rentrer chez elle après un long voyage et de retrouver son univers, à la fois différent et inchangé.

Les deux femmes s'effacèrent et Violaine pénétra dans la chaumine, surprise de la découvrir beaucoup plus petite que dans sa mémoire. Elle en fit le tour sous le regard perçant de la Galafre. Chaque objet lui évoquait un souvenir : la table mal dégrossie, les bancs que sa mère avait taillés dans du bois de peuplier, la vaisselle de terre cuite, le chaudron noir suspendu dans la cheminée. Son cœur se serra quand elle songea que ces pauvres objets finiraient bientôt dans les flammes.

— Vous connaissez cet endroit, n'est-ce pas ? interrogea la Galafre tandis que sa fille quittait la pièce.

Violaine inclina la tête. La guérisseuse prit le bâton de son invitée et l'observa. Puis elle le plaça à côté du sien. Ils étaient identiques à l'exception d'une ligne irrégulière qui courait comme une cicatrice sur celui de Violaine.

— Le vôtre a été brisé puis réparé par des moyens magiques, constata la Galafre. Il a aussi été poli par l'usage et le temps. Beaucoup de temps...

Rendant son bâton à Violaine, elle s'assit devant le feu.

— Je ne sais pas si je dois vous craindre ou vous ouvrir grand mes bras. Cette situation est étrange et...

Elle s'interrompit car sa fille revenait en courant, un lapin entre les mains.

— Il était dans le collet que j'ai posé hier à l'entrée de la clairière ! jubila-t-elle.

La jeune fille entreprit de l'écorcher et de le vider tandis que sa mère pétrissait de la farine et de l'eau. Elle confectionna des pains plats qu'elle mit à cuire sur les pierres du foyer puis embrocha le lapin afin de le rôtir au-dessus des braises. Enfin la Galafre coupa en morceaux des champignons et de l'ail sauvage qu'elle laissa mijoter dans un pot de terre brune.

Violaine avait l'impression de vivre un rêve éveillé. À l'émotion succédait une douce euphorie. Elle était attentive aux gestes des deux femmes, aux odeurs, aux ombres qui les accompagnaient et à la lumière que projetait la méchante lampe à huile.

« Les vrais paradis sont ceux qu'on a perdus », songea-t-elle.

Une fois le dîner achevé, la Galafre demanda à sa fille de se coucher. Elle s'exécuta en rechignant. La guérisseuse indiqua alors le banc près de la cheminée et pria Violaine de s'y installer. Elle vint se placer à côté d'elle.

— Aussi incroyable que cela paraisse, murmura-t-elle, j'ai la conviction que vous êtes ma fille.

Violaine se retint de se serrer contre elle alors qu'elle en mourait d'envie.

— Vous ne vous trompez pas. Même si j'ai presque vingt fois votre âge, je suis votre fille.

Abandonnant le vouvoiement, la Galafre déclara :

— Tu viens du lointain futur… Tu as donc suivi un chemin que je ne souhaitais pas te voir emprunter.

Elle saisit les mains ridées de Violaine et les observa longuement.

— J'aurai trente ans aux moissons. Et toi, quel âge as-tu ?

— Cinq cent soixante-sept ans, avoua Violaine. Veux-tu savoir pourquoi ?

Sa mère posa un doigt sur ses lèvres.

— Non. Il n'est pas bon de connaître l'avenir, le sien comme celui des autres. Dis-moi simplement pourquoi tu es là.

La sorcière chercha le regard de sa mère.

— J'ai fait le serment d'apprendre qui je suis. On m'a dit que je porte le mal en moi. Il faut que je sache si c'est la vérité !

Une expression de rage s'afficha sur le visage de la Galafre.

— Je ne sais qui a proféré pareil mensonge mais qui que ce soit, il t'a menti ! Il n'y a rien de mauvais en toi ! Et si ton père était un être malfaisant, jamais il n'a exercé son influence sur toi.

— Alors me direz-vous qui il était ? bredouilla Violaine que la peur envahissait.

— Ne te l'ai-je donc pas avoué ? s'étonna la Galafre. Je m'étais promis de le faire le jour de tes vingt ans.

Violaine secoua la tête d'un air désolé et sa mère blêmit en comprenant ce que ce silence sous-entendait.

— Alors, écoute-moi sans m'interrompre car il va me falloir beaucoup de force pour aller jusqu'au bout de cette histoire.

HEB BAZALTU

L'aube avait barbouillé les collines de sang et une insupportable odeur de charogne emplissait le défilé. Dorian abandonna sa monture à l'entrée du couloir rocheux. Son adversaire possédait une ouïe fine et un hennissement intempestif aurait signé son arrêt de mort. Dorian flatta l'encolure de son cheval, saisit son arc, son carquois et se mit en marche.

Après deux heures d'une progression sans heurts, il arriva en vue de son objectif.

D'innombrables essaims de mouches tourbillonnaient dans l'air empesté. La grotte s'ouvrait, telle une plaie noirâtre, au flanc de la colline. Dorian s'immobilisa. L'épée qui battait sa hanche à chacun de ses pas le rassura. Il encocha une flèche et s'approcha. D'énormes gouttes de sueur ruisselaient sur sa face burinée. Bientôt, il serait face à Heb Bazaltu, le dragon qui terrorisait depuis des lustres le pays de Kosh.

Avec un peu de chance, la ruse qu'il avait ourdie fonctionnerait et il sortirait vainqueur de ce combat. Alors le roi-démon Zaale ne s'opposerait plus à son union avec la belle Oliviane.

Rassemblant son courage, le chevalier rejoignit d'un bond l'antre du monstre. Un souffle de forge montait de l'orifice ténébreux. Soudain, deux pupilles de braise luisirent dans le noir et un jet de flammes fusa en direction de Dorian. Il l'évita de justesse et décocha la flèche qu'il avait préparée. Elle fila dans un sifflement aigu et se planta dans l'œil droit du monstre qui poussa un hurlement et porta une de ses pattes à sa pupille blessée. Il tenta d'en arracher le trait mais ne parvint qu'à en briser la hampe.

Fou de rage, le reptile se précipita vers son adversaire. Le chevalier roula en arrière pour éviter l'énorme masse écailleuse. Il se redressa, dégaina son épée et se planta sur ses jambes.

Le dragon s'avança pesamment et le fixa de son œil valide. L'autre était à demi fermé et une tache noirâtre signalait l'endroit où le fer était resté planté. Un filet de bave dégoulinait de sa gueule entrouverte.

– T'imagines-tu que je vais te laisser délivrer Oliviane, Dorian Stoneheart?

Le chevalier tiqua. Ce nom était le sien, et pourtant il sonnait à ses oreilles comme celui d'un étranger.

Profitant de son trouble, le reptile lança sa patte mais le chevalier se baissa et la faucha de son épée, tranchant net trois doigts terminés par de longues griffes.

Décontenancé, Heb Bazaltu contempla les blessures que Dorian lui avait infligées. Il n'avait pas été assez rapide. D'ailleurs, il se sentait épuisé. Un feu douloureux courait dans ses veines et sa tête était de plus en plus pesante. Il se tourna vers le chevalier qui était resté en position de combat, la lame levée.

— Que m'as-tu fait ? demanda-t-il d'une voix pâteuse. Ce combat est déloyal.

Abaissant son épée, Dorian demeura à distance. Il attendit que le dragon chancelle et tombe sur le côté pour s'approcher de lui.

— Bien sûr que ce combat est déloyal, Heb Bazaltu, je ne suis pas de taille à rivaliser avec toi. Tu es trop lourd, trop fort, trop dangereux. Il me fallait trouver un stratagème pour te vaincre.

La respiration haletante, le dragon parvint à demander :

— La flèche était empoisonnée ?

Le chevalier acquiesça. Heb Bazaltu ferma ses paupières et souffla :

— Peu importe, tu ne retrouveras pas Oliviane.

De longs spasmes agitèrent sa carcasse, une écume rousse souilla sa mâchoire puis il expira. Contournant le cadavre, Dorian se hâta de pénétrer dans la caverne. Une épouvantable odeur de chair putréfiée y flottait. Alarmé par la menace du dragon, Dorian l'explorait du regard quand un gémissement attira son attention.

Tout au fond de l'antre du monstre, une jeune fille était recroquevillée dans un nid de broussailles. Dorian l'aida à se relever, s'attendant à reconnaître Oliviane. Ce n'était pas la princesse mais une jouvencelle qu'il lui semblait avoir déjà rencontrée.

Son visage était d'une très grande finesse, ses yeux sombres et ses lèvres aussi rouges que le sang qui avait coulé des plaies de Heb Bazaltu. Elle ne paraissait pas surprise de le voir, comme si elle le connaissait ou l'attendait.

— Qui êtes-vous, interrogea le chevalier, et où est Oliviane?

La jeune fille se recoiffa avec ses doigts, tentant de débarrasser ses cheveux des brins de paille qui s'y étaient emmêlés. Dorian l'observait, ébloui par la grâce de ses gestes.

— Je me prénomme Anne. Celle dont vous parlez était prisonnière avec moi mais, ce matin, deux sorciers noirs l'ont emmenée. Heb Bazaltu la leur a livrée contre ceci.

Anne glissa sa main dans la sienne et l'entraîna jusqu'à une statuette posée sur un socle de marbre. Elle était taillée dans une pierre couleur de sang caillé et dans ses yeux brillait une expression cruelle. Ses narines étaient larges et profondes, sa bouche était déformée par un hideux sourire. L'idole portait deux grandes cornes sur la tête. Des ailes de chauve-souris étaient repliées dans son dos.

— Savez-vous qui il est? s'enquit Anne.

Sa voix était suave, chaleureuse. Cette jeune fille était la plus belle qu'il eût jamais rencontrée, pourtant il avait l'impression de l'avoir toujours connue. Elle éclipsait en beauté Oliviane dont les traits commençaient à s'effacer de sa mémoire.

— Non, répondit-il, empli d'une ivresse qui le laissait sans volonté.

Anne prit sa tête entre ses mains et l'attira vers elle. Dorian percevait son souffle chaud sur sa peau. Les lèvres de la jeune fille coururent de sa joue à son oreille.

— Alors, laisse-moi te le révéler. Dans mon pays, on révère celui que cette statue représente.

Avec une grande douceur, elle l'amena à plier un genou devant l'idole.

— Voici Baalzébuth, prince des enfers et Seigneur des Mouches. Si tu lui fais serment d'allégeance, tu deviendras l'un de ses ducs, tu régneras à ses côtés sur les démons, les hommes et tu obtiendras tout ce que tu désires.

Elle plaça sa main sous son menton et le força à la regarder dans les yeux.

— Même moi…

Dorian réprima un tremblement. Pour cette jeune fille, il se serait jeté sans hésiter dans les flammes de l'enfer. Elle retira le collier qui pendait à son cou, une chaînette d'argent à laquelle était attachée une minuscule chauve-souris, et le lui passa. Le chevalier éprouva une vive souffrance, comme si deux pointes de feu s'enfonçaient dans sa gorge. Il fit le geste d'arracher le bijou mais Anne le retint et posa ses mains sur ses épaules. Aussitôt, la douleur s'apaisa.

— Par ce présent, murmura-t-elle, nous sommes liés.

Subjugué, Dorian entrelaça ses doigts aux siens et demanda :

— Que faut-il que je fasse pour devenir le vassal de votre maître ?

D'un mouvement preste, Anne prit la dague qui pendait à la ceinture du chevalier. Elle lui montra la pointe effilée et dit :

— Je vais piquer l'extrémité de ton index. Ensuite, laisse tomber trois gouttes de ton sang sur la statue de mon Seigneur.

— Est-ce tout ? demanda-t-il, étonné.

— C'est tout. Mais par ce geste, mon Seigneur et toi serez liés pour l'éternité.

Le chevalier arracha le gant de sa main gauche et la tendit à sa compagne qui lui adressa un sourire charmeur.

— Tu as fait le bon choix, chevalier, affirma-t-elle en effleurant sa peau de la lame.

LE SECRET DE LA GALAFRE

— J'avais seize ans, commença la Galafre, et je vivais avec ma mère dans un pays de landes et de forêts, un pays de brume et de pluie, où les gens parlent peu et où les maisons de granite se serrent les unes contre les autres. À l'époque, on ne m'appelait pas la Galafre, mais par mon prénom, Catherine. Ta grand-mère était une guérisseuse, comme moi. Elle détenait ce don que nous nous transmettons de mère en fille depuis la nuit des temps. Pour notre malheur, peut-être. Ce don que tu possèdes au plus haut point, semble-t-il. Mais elle évitait d'en faire usage, craignant pour sa vie comme pour la mienne.

« A-t-elle vraiment besoin de me raconter cela ? » songea Violaine, surprise par le tour que prenait le récit de la Galafre. Elle allait lui demander d'en venir au fait quand elle comprit que sa mère avait besoin de prendre son temps, sans doute parce que ce qu'elle avait à lui révéler prenait racine loin dans son passé et était très difficile à avouer.

— Nous étions pauvres, presque aussi pauvres que je le suis aujourd'hui, mais cela ne nous pesait guère. Nous partagions un bonheur simple. Ma mère était veuve et n'avait point trouvé à se remarier. Comme toi, j'avais grandi en sauvageonne. Ma vie, c'était courir les bois, prendre les lièvres au collet et piéger les oiseaux au filet et à la glu. En secret, ma mère m'avait appris les noms des plantes, leurs propriétés et leur usage, et nombre de sorts venus du fond des âges. Selon l'époque de l'année, nous nous louions pour les fenaisons et les moissons. Étienne Nibodeau, un fermier qui vivait à un quart de lieue du village, m'avait prise en affection car il avait connu mon père et m'employait pour garder les oies, les brebis ou filer la laine. Tout aurait pu continuer ainsi. C'est ma rencontre avec la Meffraie qui a fait basculer ma vie.

— La Meffraie ? interrogea Violaine à qui ce nom rappelait un souvenir confus.

Elle lutta contre l'impression de malaise qui l'avait envahie : un vague écœurement doublé d'une sensation d'angoisse.

— Oui. C'était une vieille femme d'une laideur repoussante qui arpentait sans relâche les chemins du pays. Les pires histoires couraient sur son compte. On la disait méchante. Certains la soupçonnaient d'enlever les enfants, aussi les mères s'en méfiaient-elles. Un jour que je rentrais chez moi, je l'ai surprise qui m'observait, adossée à la pierre levée qui marquait l'entrée de notre village. Comme à l'accoutumée, elle était vêtue de haillons crasseux entassés les uns sur les autres et ses petits yeux de fouine me détaillaient avec une attention qui m'a fait froid dans le dos. Au moment où je suis passée devant elle, je l'ai entendue qui marmonnait :

— Catherine, tu es la promise de mon maître. Le garet[1] qu'il s'apprête à ensemencer.

Elle a voulu m'attraper par ma robe, je l'ai évitée et j'ai couru jusqu'à la maison. Peut-être aurais-je dû parler à ma mère de cette rencontre mais je ne l'ai pas fait, persuadée d'avoir surpris les propos d'une folle.

Trois jours plus tard, j'ai appris à mes dépens qu'il n'en était rien. Je me rendais, comme souvent, chez Étienne Nibodeau. Il me fallait traverser un vallon encaissé, à l'écart de la grand-route. Je m'y suis engagée quand j'ai perçu un bruit de pas derrière moi. J'ai voulu me retourner mais un coup violent porté à l'arrière de ma tête m'a fait perdre connaissance. Quand je me suis réveillée, j'étais dans une pièce aux murs de pierre nue, percés d'une minuscule ouverture. La nuit tombait. On m'avait allongée sur une méchante paillasse. Je me suis précipitée à la porte. Elle était fermée. J'ai eu beau frapper le battant de mes poings à m'en briser les phalanges, personne ne m'a répondu. Accablée, je suis retournée me coucher. J'étais plus inquiète pour ma mère que pour moi, songeant qu'elle devait être morte d'inquiétude et imaginer le pire.

Ses lèvres se plissèrent en une grimace amère.

— Le pire, j'étais encore loin de l'imaginer. Je venais de m'assoupir quand le bruit d'un verrou que l'on tire m'a réveillée. La Meffraie est entrée, suivie d'un homme grand, brun et mal rasé. Il portait un plateau où étaient posés du pain blanc, une volaille rôtie et un pichet de vin aux épices. Avant de quitter la pièce, il m'a lancé un regard de pitié.

Je me suis jetée sur la nourriture. Jamais de ma vie je n'avais fait si plantureux repas.

1. Champ. Les mots qui émaillent le discours de la Meffraie sont en patois vendéen.

— Ton maître viendra bientôt te visiter, m'a annoncé la Meffraie lorsque j'ai eu fini de manger. Suis-moi, que j'te décrasse un peu la couenne !

— Quel maître ? ai-je questionné avec effronterie. Et de quel droit me retenez-vous prisonnière ?

— Qui te dit que tu es prisonnière ?

Elle avait une insupportable voix de crécelle et son sourire édenté m'a arraché un frisson de dégoût.

— Dis-toi plutôt qu't'es une invitée de choix.

Agrippant ma main, elle m'a conduite dans une salle où brûlait un feu. Dans un angle, un lit garni de draps blancs avait été dressé. J'ai voulu savoir si c'était là ma nouvelle chambre mais ma langue était lourde et épaisse. Mes jambes étaient chancelantes, la tête me tournait et j'avais envie de dormir. Un baquet dans lequel on avait placé un drap était disposé devant la cheminée. La Meffraie m'a ordonné de me déshabiller et de m'y installer, ce que j'ai fait sans être capable de m'opposer à sa volonté.

— Le vin était drogué ? demanda Violaine.

— C'est ce que j'ai supposé par la suite. Quand j'ai été installée, elle a versé sur moi de pleins seaux d'eau chaude et parfumée qu'elle a puisée dans un chaudron. Une fois qu'elle m'a eu lavée, elle m'a séchée, m'a ointe d'une huile très douce, puis m'a aidée à enfiler une tunique de lin blanc. Elle m'a fait asseoir sur le lit et m'a redonné un hanap plein de ce vin aux épices que j'avais tant apprécié. Pour calmer mon angoisse, je l'ai bu d'un trait. Ensuite, je ne me rappelle plus rien. Ce cérémonial s'est répété les jours suivants. Je me réveillais chaque matin dans un état d'hébétude, la tête pleine de cauchemars qui s'évanouissaient dès que j'essayais de m'en souvenir.

Le jour durant, mon corps et mon esprit n'étaient que douleur.

La Galafre porta ses mains à son ventre, comme si les mots qu'elle prononçait éveillaient en elle l'écho de lointaines souffrances.

— Mon univers se réduisait à mon cachot et à cette chambre où la Meffraie me conduisait chaque nuit, après m'avoir abreuvée de vin aux épices. Au bout de trois semaines environ, mon calvaire a pris fin et la vieille femme m'a permis de rester dans mon cachot. Ma torpeur m'a abandonnée et mon esprit est redevenu clair. Je n'avais désormais qu'une idée en tête : m'échapper et retrouver ma mère. Je ne comprenais rien à ce qui m'arrivait. Et quel était ce maître dont elle me rebattait les oreilles chaque jour et que je n'avais jamais vu ? L'homme qui m'apportait mes repas, Gildas, m'avait prise en amitié. Nous étions tous deux du village de Pouzauges. Il connaissait fort bien ma mère qui avait soigné une de ses sœurs pour une mauvaise plaie à la jambe.

— Pouzauges ! s'exclama Violaine, mais alors, tu te trouvais sur les terres de Gilles de Rais.

La Galafre acquiesça.

— Et j'étais sa captive. C'était Gilles de Rais qui m'avait fait enlever et enfermer dans son château.

— Pourquoi ?

— Ne le devines-tu pas ?

Violaine se raccrocha des deux mains à son banc, le cœur battant à tout rompre. Une nausée la saisit.

— J'ai bientôt découvert que j'étais enceinte, reprit la Galafre. J'attendais un enfant sans savoir qui en était le père. Durant mes trois semaines d'inconscience, on avait abusé de moi.

— Ne me dis pas que Gilles de Rais est mon père ! gémit Violaine. Ne me dis pas que c'est lui !

La Galafre serra sa fille contre elle, tâchant de réprimer ses tremblements et d'étancher ses larmes. La voix grelottante, Violaine demanda :

— Pourquoi ce monstre voulait-il un enfant de toi ?

— C'est de mon gardien que j'ai fini par le savoir, répondit la Galafre. Une nuit, Gildas est entré dans mon cachot avec une mine épouvantée et s'est signé trois fois en croisant mon regard. En temps normal, je ne le voyais qu'à l'aube.

— Que se passe-t-il, Gildas ?

Il avait peur, si peur que le sang avait déserté son visage et que son élocution était difficile. Il est parvenu néanmoins à reprendre son calme et m'a ordonné :

— On s'en va, Catherine. Suis-moi !

Surprise, j'ai obéi. Nous avons emprunté un escalier et il m'a fait sortir dans une cour déserte à cette heure. Évitant le pont-levis, il m'a entraînée vers la muraille et m'a montré une corde attachée à un anneau.

— Nous allons descendre le long de la paroi. T'en sens-tu capable ?

Pour fuir ma prison, j'aurais plongé dans le vide. Je me suis laissée glisser jusqu'en bas sans me préoccuper des brûlures qu'infligeait le frottement de la corde à mes paumes. Gildas m'a rejointe et nous nous sommes enfuis dans la forêt.

Deux jours durant, nous avons marché. Nous n'avions pour nous nourrir que les maigres provisions qu'il avait serrées dans une besace et l'eau des ruisseaux et des mares pour nous désaltérer. Gildas, muet, visage fermé, me conduisait à travers bois, sans marquer de pause, empruntant des sentiers invisibles à l'œil nu, me faisant traverser des vallons impraticables, remonter rivières et rus afin que les chiens, si on les avait lancés à nos trousses, ne puissent flairer nos traces.

Enfin, il a permis que nous nous reposions. Je me suis effondrée sur la mousse d'un sous-bois et je me suis endormie. Quand je me suis réveillée, je l'ai vu qui montait la garde.

La chance était avec nous. Gilles de Rais, s'il nous cherchait, avait perdu notre piste. Gildas m'a tendu un quignon de pain et du fromage que j'ai dévorés avant de lui dire :

— Ma mère, il faudrait lui expliquer ce qui m'est arrivé et la rassurer sur mon sort.

— Pas question ! a-t-il répliqué. Personne à Pouzauges ne doit savoir ce que tu es devenue. Gilles de Rais te retrouverait bien vite.

— Pourquoi m'aidez-vous ? me suis-je étonnée. Vous risquez votre vie pour moi.

Mon compagnon s'est signé à plusieurs reprises comme il l'avait fait la nuit de notre fuite.

— J'aurais mérité de brûler pour l'éternité dans les flammes de l'enfer si j'avais fermé les yeux. L'autre soir, n'y tenant plus, j'ai voulu comprendre pourquoi le seigneur de Rais te retenait prisonnière. Alors, j'ai invité la Meffraie chez moi et je lui ai offert du vin. La vieille carne a la réputation de boire plus que de raison. On m'avait dit aussi que, quand elle est ivre, elle cause.

Il a essuyé son front couvert de sueur, a grimacé puis a ajouté :

— Et pour causer, ça, elle a causé…

BUG

Anne s'agenouilla et posa ses lèvres sur l'index de Dorian. Le chevalier savoura ce contact, engourdi par une sensation délicieuse. Elle releva la tête, lui sourit et s'apprêtait à planter la pointe de la dague dans son doigt tendu quand un phénomène étrange l'amena à retenir son geste.

L'air vibra et crépita. Les parois de la grotte ondulèrent et ses lignes se brisèrent en angles aigus. Le décor qui les entourait était à présent semblable à une image sur un écran traversé de parasites.

— Que... crr se... crr passe... crr... -t-il...? s'étrangla Anne. Azael, crr... on... crr... dirait... crr... un... crr... bug...!

Sa silhouette vacilla et perdit sa netteté.

— Non, hurla-t-elle, non!

Le couteau dans sa main s'évapora. Anne ouvrit des yeux incrédules et s'effaça tandis que Dorian se sentait aspiré hors de la caverne. De très loin, il entendait quelqu'un crier :

∞ *Redeviens celui que tu es, jeune humain. Redeviens celui que tu es, je t'en prie!*

217

Ce n'était pas une voix, mais elle résonnait avec force dans son esprit. La grotte avait cédé la place au non-espace du cybermonde. La personnalité factice de Dorian Stoneheart se dilua et le nuage d'électrons qu'était Quentin échappa à l'univers virtuel dans lequel il s'était englué. À ses côtés, il perçut la présence du noûss. Ses flagelles ondulaient vivement et les ondes qu'il émettait trahissaient son inquiétude.

∞ *Qu'est-ce qui m'est arrivé?* demanda Quentin en s'efforçant de rassembler les lambeaux de sa conscience.

∞ *Après ton départ,* expliqua le noûss, *je m'attendais à ne plus percevoir ta présence. Or j'ai constaté que tu ne regagnais pas ton monde. Les ondes que tu émettais s'étaient modifiées. Tu n'étais plus toi, mais un autre qu'on tentait d'influencer après lui avoir fait endosser une individualité fictive. En d'autres termes, quelqu'un t'avait piégé dans un univers virtuel et manipulait ton esprit. J'ai aussitôt décidé de te porter secours en m'introduisant au cœur du programme pour provoquer un bug. Ensuite, je t'ai ramené ici. Je pense que tes adversaires n'ont rien compris à ce qui s'est passé.*

L'esprit flottant, Quentin assimila à grand-peine les propos de la créature. À son corps défendant, il lui fallait admettre qu'Azael disposait de ressources infinies et qu'il n'était qu'un jouet entre ses mains. Il n'avait pas tenu compte des recommandations de Violaine et, sans l'intervention du noûss, Anne l'aurait rallié à Baalzébuth.

∞ *Il est préférable que je t'aide à regagner ton monde,* poursuivit son sauveur. *Tu n'es pas rompu aux dangers du cyberespace.*

Avant que Quentin n'ait le temps de le remercier, le noûss émit des ondes colorées et ses flagelles l'enveloppèrent. Quentin se sentit exploser en milliards de photons. Un tunnel de lumière apparut devant lui.

Il s'y engouffra.

✺

Grégoire se flattait d'avoir le PC le plus puissant de Comberoumale. Il avait changé la carte mère, le processeur, décuplé la mémoire vive, installé une nouvelle carte vidéo avec accélération 3D et pourtant, depuis plusieurs minutes, son ordinateur tournait au ralenti. Il jeta un coup d'œil désolé à l'écran où s'étaient figés les personnages de son jeu préféré : *Sorcerer's Quest*.

Comble de malchance, il avait planté juste au moment où un nouveau protagoniste apparaissait : un garçon blond tenant un long bâton en main. Grégoire connaissait le jeu par cœur mais c'était la première fois qu'il le rencontrait. Un sorcier certainement, même s'il n'était pas vêtu comme on aurait pu l'attendre d'un mage : il portait un jean et un tee-shirt !

— Galère intégrale, murmura-t-il. Je n'ai plus qu'à rebooter et recommencer une partie.

Il tendait la main vers l'interrupteur quand une voix lui ordonna :

— Non, ne fais surtout pas ça, je dois sortir d'ici !

Sa mâchoire faillit se décrocher sous l'effet de la surprise. L'injonction provenait des haut-parleurs. Grégoire porta les yeux sur l'écran. Le sorcier en tee-shirt pointait l'index vers lui comme s'il le voyait. Son bâton étincela et il disparut. L'instant d'après, il se matérialisait dans la chambre, lui adressait un signe de remerciement et sortait en traversant la porte.

— Je vais finir par croire ma mère ! bégaya Grégoire. Les jeux vidéo, ça carbonise le cerveau…

☿

Quentin s'affala sur le lit de son frère. Reprendre contact avec le réel n'était pas une entreprise aisée. Sa transformation avait nécessité une débauche d'énergie et il se sentait épuisé. Par un heureux coup du sort, la maison par où il avait regagné son univers était proche de la rue des Bas-Fossés et il avait rejoint son foyer sans encombre.

Ses yeux se posèrent sur l'écran du portable. Il était d'un noir d'encre. Un tiret lumineux clignotait dans son angle gauche. Quentin se leva à grand-peine et tapa à plusieurs reprises sur la touche entrée pour relancer la machine. Il l'éteignit, la ralluma et dut se rendre à l'évidence : le disque dur avait été formaté et son contenu avait disparu.

Lâchant un juron, Quentin débrancha l'ordinateur. Azael avait supprimé les indices que Nicolas avait abandonnés derrière lui !

Le jeune sorcier caressa le fût de son bâton, suivant les lignes de runes sculptées. Azael ne manquait ni d'imagination ni d'humour. Parvenir à lui faire endosser la personnalité de Dorian Stoneheart, ce héros qu'il avait imaginé des mois plus tôt et dont il avait entrepris de raconter les aventures, était d'une habileté diabolique. Grâce à l'intervention providentielle du noûss, il lui avait échappé.

Violaine et lui disposaient à présent d'étranges alliés dans le cyberespace et d'une piste sérieuse pour partir à la recherche de la statue : le professeur Arnaud Lavelanet. Une visite chez cet historien s'imposerait dès le retour de son amie.

Comme il retirait son tee-shirt, les morsures que lui avait infligées Anne l'élancèrent. Quentin y porta la main et eut la surprise de sentir une chaînette sous ses doigts. Il l'enleva et reconnut le collier que la jeune fille avait passé à son cou. Par quel miracle l'avait-il rapporté du cyberespace ?

Pensif, il l'enroula autour de son index et imprima à la chauve-souris un mouvement de balancier.

— Anne, ma sœur Anne, murmura-t-il, ne vois-tu rien venir ?

Il referma la main sur le pendentif et le serra de toutes ses forces.

— Tu as commis une erreur en m'abandonnant un objet qui t'appartient. Compte sur moi pour la mettre à profit !

LA MEFFRAIE

— Pour amadouer la Meffraie, a commencé Gildas,
j'avais allumé une belle flambée et posé sur la table un
demi-pain, un gros morceau de fromage et un barricot
de vin.

Le regard brillant, la Galafre avait retrouvé les mots
et les intonations de sa jeunesse pour faire parler son
compagnon. En dépit du fer rouge qui s'était planté
dans son ventre lorsqu'elle avait appris que Gilles de
Rais était son père, Violaine restait suspendue aux
lèvres de sa mère.

— La Meffraie était encore plus vilaine que d'habitude. Ses cheveux ressemblaient à une touffe d'herbe
qui aurait poussé sur une pomme ridée. Quand elle a
vu le vin, elle a tendu la patte et elle s'en est versé un
plein pot qu'elle a avalé cul sec.

— J'avais grand-soif, qu'elle m'a dit après en avoir
bu trois. Et tu m'offres pas de la piquette. Dame,
Gildas, c'est ben gentil de me recevoir chez toi.
D'habitude, les gens y m'font point tant d'amabilités!
C'est'y, mon galant, que tu chercherais une belle? J'te
savais pas coureur de jupons.

– Non point, la Meffraie, j'y ai répondu, en essayant d'oublier les chicots pourris qu'on voyait dans sa bouche quand elle souriait. C'est juste le devoir d'un bon chrétien que de partager son repas.

– L'devoir d'un bon chrétien, elle a répété. Ch'suis t'y une bonne chrétienne, moué?

J'avais l'impression de ne pas avoir choisi les mots qui convenaient. Alors, je lui ai resservi à boire et je lui ai proposé de manger un morceau. Elle s'est contentée de mon vin, buvant coup sur coup plusieurs pots remplis à ras bord.

– Me v'là ben fatiguée, qu'elle m'a dit en se levant. Je ferais mieux de rentrer chez moi!

– Assieds-toi donc! je lui ai répondu. On ne prend jamais le temps de causer.

– C'est ben vrai. D'autant que moi, je sais des choses…

Le vin commençait à faire son effet, car elle articulait avec difficulté et un filet de salive dégoulinait de sa bouche. Elle m'a regardé de ses petits yeux couleur de boue.

– Quelles choses tu sais, la Meffraie? ai-je demandé avec douceur, tout en lui servant à boire.

Elle a enfoui le nez dans son pot et s'est mise à téter jusqu'à ce qu'il soit vide.

– Je t'aime bien, le Gildas, elle m'a répondu. T'es un beau gars et tu sais recevoir. Si je te raconte des secrets, tu les diras à personne?

J'ai tiré une nouvelle cruche de vin au barricot et je l'ai encouragée à se servir. Elle a descendu encore de longues goulées et s'est essuyé la lippe.

– Alors comme t'es fait, tu voudrais savoir pourquoi le seigneur Gilles tient la Catherine enfermée dans son château?

J'ai hoché la tête.

— Ah ça, elle est belle, la garce ! Et toi aussi, elle t'a ensorcelé, pas vrai ? Eh ben, elle vivra pas assez longtemps pour faire tourner les hommes en bourrique. Sitôt que sa fille sera sevrée, elle finira dans un cul-de-basse-fosse… Couic, oubliée la Catherine !

Disant cela, elle a fait glisser son pouce sur sa gorge.

— Quelle fille ? j'ai demandé.

— T'as donc pas compris que la garce est pleine ! Et des œuvres de notre seigneur, en plus.

— Pleine ! Comment tu sais tout ça, toi ?

Elle a cligné de l'œil d'un air matois.

— La Meffraie, elle est peut-être vieille, mais elle a des oreilles qui entendent encore. Il y a deux mois de ça, j'ai surpris une conversation entre messire Gilles de Rais et son compère, Prelati. Ils s'étaient arrêtés au bord des douves pour discuter à leur aise et croyaient qu'y avait personne autour d'eux. Moi, je m'étais fourrée sous un buisson pour faire ma sieste en paix. Leurs voix m'ont réveillée. Le seigneur Gilles avait l'air énervé et parlait vite.

— François, disait-il, le démon de la pierre m'a visité cette nuit. Il m'a expliqué que si je continue à le nourrir, il sera assez fort pour briser le sort qui le tient captif et sortir de sa prison. Une fois la statue du Seigneur des Mouches retrouvée, il lui ouvrira la porte. Pour cela, il aura besoin du sang de ma fille.

L'Italien s'est étonné :

— De votre fille ? Marie ?

— Non, Marie n'a aucune valeur à ses yeux. Il faut que de mes œuvres naisse une autre fille. Le démon m'a désigné celle qui sera sa mère. Par chance, elle vit non loin d'ici, sur mes terres.

— Et quand elle sera née, qu'en ferez-vous ? a encore demandé Prelati.

— Te souviens-tu de ce manuscrit que tu as traduit pour moi ? Eh bien je ferai ce que le mage Habram n'a pas osé faire avec Isaha : je sacrifierai ma fille puis je verserai son sang sur la statue de Baalzébuth afin qu'il s'incarne et que son règne éternel advienne.

En rapportant ces mots, la Meffraie avait les yeux qui lançaient des étincelles.

— Le soir même, mon maître m'ordonnait d'aller chercher une pucelle qui vivait avec sa mère dans le village de Pouzauges. Je devais l'enlever et la ramener au château. Parole, il me l'a décrite comme s'il l'avait vue et je n'ai pas eu grand-peine à la trouver !

— Allons donc ! je lui ai dit. Tu veux me faire croire que Gilles de Rais a engrossé cette fille pour tuer l'enfant qu'il en aura ? Notre Seigneur ne permettrait pas de pareilles abominations !

Elle m'a regardé comme si j'étais stupide.

— Ben dame, une de plus, une de moins… Le Gilles, il en a déjà saigné des trâlées[1] ! Et il est pas près d'arrêter, c'est moi qui t'le dis ! Il aime ça, le sang, et il a pas peur d'aller en enfer, vu qu'il y est déjà !

℧

La Galafre avait grimacé de dégoût en prononçant ces mots. Elle posa une bûche sur les braises, les tisonna et revint s'asseoir à côté de Violaine qui se tenait prostrée sur le banc.

— Voilà. Tu sais tout. En apprenant ces horreurs, Gildas a décidé de m'aider à fuir Pouzauges. Il a fini

1. Des quantités.

de saouler la Meffraie et une fois qu'elle a été endormie, il s'est précipité à mon cachot, au mépris des risques qu'il encourait. La suite, je te l'ai racontée. Trois mois ont passé. Trois mois à nous cacher, à nous nourrir de fruits, de racines et de gibier braconné, à marcher la nuit et à dormir le jour. Enfin, nous sommes arrivés ici, très loin de ma Vendée natale, où personne ne me connaissait. Gildas m'a aidée à construire cette maison et a attendu que tu sois née pour s'en aller. Je ne l'ai jamais revu.

— Pourquoi n'est-il pas resté avec toi ? demanda Violaine.

— Il le souhaitait, mais moi je ne l'aimais pas. Et puis, c'était mieux comme ça. Je n'avais pas envie que quiconque me rappelle mon passé. Forte de ce que m'avait enseigné ma mère, je me suis taillé un bâton et je suis devenue guérisseuse. Au moins, les gens d'ici me laissent en paix parce qu'ils ont besoin de moi.

Il y eut un silence, puis la Galafre ajouta :

— Peu importe qui est ton père, depuis ta naissance j'ai connu les années les plus heureuses de ma vie.

Le silence s'installa dans la pièce. Violaine luttait pour faire taire les voix qui hurlaient en elle. Elle comprenait à présent pourquoi Azael lui avait fait don de sa longévité, pourquoi il ne l'avait pas tuée, le soir où Nicolas l'avait libéré. Il avait besoin de son sang ! Elle était la fille d'un scélérat, d'un assassin, Gilles de Rais, celle par qui Baalzébuth pourrait s'incarner et régner sur la terre.

Mais cela, elle ne le permettrait jamais. Elle mourrait avant de tomber entre les mains d'Azael et d'être sacrifiée sur la statue du Seigneur des Mouches.

« Tu es dans notre camp, avait affirmé Gilles de Rais. Tu œuvres pour nous. Ne le sais-tu pas depuis toujours ? La Galafre le savait qui te l'a caché. Réfléchis plutôt. Grâce à qui Azael s'est-il échappé de la pierre ? Grâce à qui Jacques Guernière a-t-il péri dans les flammes ? Admets-le, tu portes le mal en toi ! »

Quant à Azael, il avait asséné : « Au fond de toi, tu n'as pas envie que j'échoue. Ton sang parle ! »

Avaient-ils dit la vérité ? Était-elle aussi mauvaise que son père ?

— Je suis la fille d'un homme monstrueux, déclara Violaine d'une voix monocorde, la fille d'un meurtrier qui m'aurait égorgée sans un soupçon d'hésitation.

Haussant la voix, la Galafre répondit :

— Tu es aussi la fille d'une femme qui s'est toujours battue pour que rien ne t'entache. Je t'ai aimée dès que j'ai su que je te portais dans mon ventre, Violaine ! Que tu sois la fille de Gilles de Rais n'y a jamais rien changé. Et dans tes veines, mon sang coule tout autant que le sien, souviens-t'en !

Elle montra la pièce où Violaine s'était retirée pour dormir.

— Je n'ai que toi dans ma vie et pour toi, je la donnerais, cette vie.

Ses sanglots se mêlaient à présent à ceux de Violaine. La Galafre essuya maladroitement les joues ridées de la vieille femme qu'elle avait prise entre ses bras.

— Tu es droite et honnête, ma fille. Fais taire tes doutes. Celui qui les a semés en toi ne cherche qu'à te causer du mal. N'écoute que ton cœur !

Violaine regarda cette femme, si belle, si jeune. Il fallait qu'elle lui dise ce qui allait lui arriver, il fallait qu'elle la sauve ! La Galafre devina les pensées qui traversaient l'esprit de sa fille car elle murmura :

— Non, Violaine. Je ne veux rien savoir, ni de cette pierre dont parlait Gilles de Rais, ni d'où tu viens, ni de ce qui est à venir. Je préfère que tu partes maintenant, pendant que ma… pendant que celle qui est toi dort encore. Rester plus longtemps ensemble nous ébranlerait. Peut-être finirais-je par te demander ce que je n'ai pas le droit de savoir. Rien du futur ne doit être altéré.

« C'est elle qui a raison, pensa Violaine. Ma mère est une femme admirable. »

La Galafre la prit par la main et elles sortirent. L'air était doux, la lune flottait au-dessus des arbres, dispensant une lumière bleutée.

— Te sens-tu la force de repartir ?

— Oui, mère, mentit-elle.

Elles s'embrassèrent une dernière fois et Violaine marcha droit devant elle, tandis qu'elle entendait la porte de la maison se refermer. Quand elle serait à l'extrémité de la clairière, elle ferait le second pas, celui qui la ramènerait au présent, à Comberoumale.

La sorcière était anéantie par le chagrin. Pourquoi fallait-il qu'elle perde une seconde fois sa mère ? Jacques ne mentait pas quand il lui avait expliqué que le grand pouvoir était la porte ouverte sur des souffrances plus grandes encore et que la solitude était le lot de ceux qui l'avaient en partage.

— Jacques ! se souvint-elle.

Jamais il ne viendrait ici puisque c'était elle qui avait sauvé la jeune fille qu'elle était ! C'était une situation aberrante.

« Pas si aberrante que cela ! lui souffla une voix. Souviens-toi de ta première rencontre avec ton maître. »

Elle essayait de rassembler ses souvenirs quand un cliquetis parvint à ses oreilles. Violaine sursauta. Au pied d'un arbre, à demi voilées par les ombres, se tenaient les trois Passeuses.

— Nous t'attendions, chuchotèrent-elles. Es-tu prête pour ton deuxième pas ?

— Accordez-moi un instant.

Elle se concentra et, du fond de sa mémoire, les paroles de Jacques ressurgirent.

« La nuit dernière, aux petites heures de l'aube, j'ai fait un songe étrange, si réel qu'à mon réveil j'avais l'impression de ne pas avoir rêvé. Une vieille femme très belle m'est apparue. Elle te ressemblait comme une sœur. Une sœur qui aurait soixante ans de plus que toi et les cheveux blancs comme neige ! Elle me conseillait de me promener près de la forêt des Fadettes, très précisément vers le grand chêne où je t'ai trouvée. Mon destin en dépendait, affirmait-elle. J'aurais pu envoyer ces idées folles aux orties mais je suis d'un naturel fantasque, et j'ai décidé de découvrir ce qui m'attendait. »

— La vieille femme, c'était toi ! caquetèrent les Passeuses en écho à ses pensées.

— Pour que ton maître ait cette vision, poursuivit celle qui tenait l'aiguille, il faut que nous te ramenions une nuit en arrière. Tu comprends pourquoi nous devions t'accorder trois pas dans le temps et non pas deux comme tu le demandais. Tu tisseras un sort afin de t'introduire dans les songes de Jacques Guernière et tu le convaincras de se rendre au grand chêne. Il te sauvera, te racontera son rêve et la boucle sera bouclée.

— Et mon intervention ? demanda Violaine ahurie. Je suis apparue derrière l'arbre, j'ai sauvé celle que j'étais. J'ai vu ma mère, elle m'a touchée, elle m'a parlé, je me souviens de ce qu'elle m'a dit ! Qu'adviendra-t-il de notre rencontre ?

— Le cours du temps est étrange, déclara la Passeuse aux ciseaux, et nous-mêmes ne le comprenons pas clairement. Par ta présence, tu as créé un repli minuscule qui n'apparaîtra jamais sur le tissu du monde. En définitive, ce que tu as vécu ces dernières heures n'aura existé que pour toi, et toi seule en conserveras le souvenir. Comme ta mère le souhaitait, rien du futur ne sera altéré.

La sorcière se retourna. Au fond de la clairière, la chaumière se découpait sur la masse sombre de la forêt. Violaine savait que la Galafre veillerait longtemps, assise devant la cheminée.

Un bruit de déchirure retentit dans son dos. S'arrachant à sa contemplation, la vieille femme soupira et franchit l'ouverture que les Passeuses lui avaient ménagée.

L'ÉPAVE

La librairie d'Antoine Loew était bien connue dans les cénacles des passionnés d'ésotérisme. Située dans une ruelle du Marais, à deux pas de la place des Vosges, on y trouvait les livres les plus rares et les plus érudits sur l'alchimie, les sciences occultes et les phénomènes paranormaux. Loew était un puits de science et la rumeur prétendait qu'il avait lu et retenu le contenu des innombrables volumes que recelait son établissement.

C'était un homme petit, voûté, d'un naturel ouvert et sympathique. Sa tête, énorme, était perchée au bout d'un cou si long que ses amis le surnommaient affectueusement « le héron ». Ce qui le ravissait.

— Dans la symbolique médiévale, aimait-il expliquer à ses interlocuteurs, les oiseaux à long cou étaient le symbole de la sagesse car leurs pensées, en s'élevant du cœur à la tête, comme dans le serpentin d'un alambic, avaient le temps d'être pesées et réfléchies. Le héron, concluait-il, je ne pouvais rêver plus beau compliment !

Loew venait d'ouvrir sa boutique, ce matin-là, quand deux clients entrèrent, une fille et un garçon qui étaient déjà passés à plusieurs reprises. La demoiselle, une brunette vêtue de manière extravagante, tatouée sur l'épaule, venait en général le samedi matin. Elle était férue de magie noire et de démonologie et lui avait acheté de nombreux ouvrages sur le sujet. Quant au garçon, physique d'ascète et visage tourmenté, il la suivait comme son ombre et buvait ses paroles en ouvrant des yeux énamourés.

Ils commencèrent à fouiner dans les rayons réservés aux mythes babyloniens.

— Bonjour, jeunes gens, cherchez-vous un ouvrage précis? interrogea-t-il.

La fille se tourna vers lui avec un adorable sourire.

— Bonjour, monsieur. En fait, nous nous intéressons à une légende mentionnant une statue babylonienne découpée en morceaux et éparpillée aux quatre coins du monde…

Les lubies de ses clients amusaient toujours Antoine Loew qui mettait un point d'honneur à user de son immense culture pour les satisfaire.

— Une statue découpée en morceaux? Il me semble avoir lu quelque chose sur le sujet, il y a fort longtemps.

Il contempla les rayons encombrés de livres et pinça l'arête de son nez.

— Mais oui, je sais! s'exclama-t-il. C'est un extrait assez court, mais qui peut vous éclairer.

Loew les entraîna dans l'arrière-boutique, aussi encombrée que la librairie, et entama ses recherches, grimpé sur un escabeau.

— Ah! je savais qu'il était là!

Il redescendit avec un fort volume.

– Ce sont les Mémoires de Maxime du Pertuis, un historien hélas oublié aujourd'hui. Il reste à peine une cinquantaine d'exemplaires de son livre. L'éditeur a fait faillite après que ses entrepôts ont disparu dans un terrible incendie.

Il le feuilleta et le tendit à Anne.

– Tenez, voilà le passage en question.

Elle se confondit en remerciements. Loew s'inclina avec cérémonie et quitta la pièce. Tandis qu'Anne s'adossait à une bibliothèque, Simon s'assit à ses pieds et l'observa. Il connaissait le pli amer qui s'était creusé au coin de ses lèvres.

Devant le libraire, elle avait joué la comédie à merveille mais il savait qu'elle était d'une humeur exécrable. Son échec de la nuit l'avait contrariée au plus haut point, même si Azael ne lui avait adressé aucun reproche. Trouver une piste qui les conduirait à la statue de Baalzébuth serait la meilleure manière de se racheter aux yeux du démon.

– Pourquoi est-ce que tu me regardes comme ça ? demanda-t-elle.

– Je te trouve jolie, c'est interdit ? répondit-il sur un ton espiègle.

Agacée, Anne haussa les épaules et commença sa lecture à voix haute.

– « Un matin de février 1950, j'ai reçu un long télégramme de mon collègue américain Charles Dexter Curwen, avec qui j'avais conduit plusieurs expéditions sur le plateau de Saqqarah, en Égypte.

Au cours d'un séjour à Santorin, Curwen avait fait la connaissance d'un pêcheur d'éponges qui affirmait avoir découvert une galère engloutie au large de l'île. Il avait noté sa position précise et offrait de lui vendre l'information. L'homme paraissait digne de confiance et l'Américain avait accepté.

Curwen me connaissait de longue date et me proposait une expédition conjointe. Il appréciait mon travail et savait que j'étais un excellent plongeur. Pour sa part, il ne pouvait descendre à plus de dix mètres, suite à un accident de décompression.

Quatre mois plus tard, nous avons affrété un bateau et un équipage. Le 16 juin 1950 à cinq heures du matin, nous quittions Le Pirée. La mer était calme, le temps superbe et la traversée s'est déroulée sans incident notable. En début de soirée, nous accostions à Santorin.

J'avoue avoir très peu dormi la nuit qui suivit notre arrivée. Curwen m'avait indiqué sur la carte l'endroit où la galère avait sombré. L'archéologie de terrain était ma passion et je brûlais de me mettre en chasse.

Le lendemain, dès l'aube, nous mouillions à la verticale supposée de l'épave. Hélas, le matériel que nous avions chargé à Athènes était défectueux et nous avons dû écumer l'île pour trouver des bouteilles et des détendeurs en état de fonctionner.

Il était dix-huit heures quand j'ai effectué la première plongée en compagnie de deux hommes, Yannis et Nikos, que Curwen avait recrutés avant mon arrivée.

Le navire reposait par trente mètres de profondeur. Je me souviens avoir songé au pêcheur d'éponges qui avait renseigné Curwen. Comment un homme sans scaphandre avait-il pu descendre si bas et distinguer la galère dans la pénombre ? Mystère, mais j'étais forcé d'admettre qu'il n'avait pas menti. À la lumière de nos lampes, j'ai identifié la forme d'un vaisseau antique dans un état de conservation hallucinant après deux millénaires passés sous l'eau. Par miracle, le bâtiment s'était posé sur le fond de sa coque et avait conservé la même position que s'il avait flotté à la surface.

J'en ai fait le tour, émerveillé. À l'avant, les yeux peints, censés éloigner le mauvais sort, étaient encore visibles. La figure de proue, le parasèmon, représentait comme c'était fréquent alors la déesse Isis. La poupe avait la forme d'un col de cygne replié vers l'intérieur du navire. Un trou béant crevait le pont. Je me sentais attiré par ce puits obscur. Il me semblait entendre une voix qui m'ordonnait d'entrer. Accélérant l'allure, j'ai distancé mes compagnons et je me suis approché du pont déchiqueté.

J'allais m'enfoncer dans les entrailles du navire quand une main a saisi mon épaule. C'était Yannis. Il m'a fait comprendre qu'il y avait danger à l'explorer seul et qu'il m'accompagnait.

Nous avons braqué nos torches électriques vers la cale. Je m'attendais à la trouver noyée de sable mais elle n'en contenait pas. Sur le bois exempt de coquillages, j'ai aperçu des amphores brisées. Soudain, un coffre a surgi des ténèbres. Il était intact. »

Anne s'interrompit et chercha le regard de Simon.

— On a tapé dans le mille ! exulta-t-elle avant de reprendre sa lecture.

— « Je m'en suis approché et j'ai déchiffré les hiéroglyphes qui le recouvraient : il s'agissait de ces formules dites apotropaïques, destinées à éloigner le mauvais sort et les influences malignes.

Que contenait ce coffre et pourquoi, pas plus que la galère, n'avait-il subi les assauts du temps ? En l'examinant, nous nous sommes rendu compte qu'un de ses côtés, retenu par un système de charnières, pouvait s'ouvrir. Nous avons tenté de faire jouer le mécanisme, mais il a résisté. Nos réserves d'oxygène s'épuisant, nous avons décidé de le forcer lors de notre prochaine descente, le lendemain.

Assisté de Yannis, j'ai collecté en hâte de menus objets pour ne pas regagner la surface les mains vides : une statuette, des débris de vaisselle et de mobilier ainsi que deux herminettes de charpentier en parfait état.

Quand nous avons mis pied sur le navire, j'ai fait un récit enflammé de notre découverte à Curwen et je lui ai décrit le coffre dans les moindres détails. Mon exaltation était si communicative que je l'ai senti bientôt aussi impatient que moi de savoir ce qu'il contenait.

Pour fêter ce jour faste, nous avons bu au dîner plus que nous n'aurions dû. Curwen avait débouché d'excellentes bouteilles. J'ai tant abusé du bordeaux et du cognac que j'ai sombré dans une ivresse dont je n'ai émergé que le lendemain fort tard.

Ce n'est qu'en début d'après-midi que j'ai été en mesure de reprendre nos explorations. Le coffre nous attendait et, à force de patience, les deux plongeurs grecs et moi sommes parvenus à l'ouvrir. À l'intérieur se trouvait son exacte réplique, équipée d'un système de charnières analogue. Sur mes ordres, Yannis et Nikos ont fait basculer le battant.

Il était vide !

Je n'en croyais pas mes yeux. La veille, il contenait quelque chose, j'en aurais mis ma main à couper. Mes compagnons m'ont abandonné à ma déception et sont retournés inspecter l'intérieur de la galère. Ils sont revenus et m'ont fait signe de les suivre. Dans un angle de la cale, dissimulée derrière une pile d'amphore, ils avaient trouvé une statue du dieu égyptien Thot. Cette découverte m'a laissé indifférent.

En revanche, l'accueil que l'équipage nous a réservé était enthousiaste. Curwen jubilait. Deux heures plus tard, nous sommes redescendus, halant de longues cordes. Notre bateau était équipé d'un palan et ça a été un jeu d'enfant de hisser à la surface les pièces les plus lourdes. Bientôt, les coffres et la statue de Thot ont reposé au sec sur le pont du bateau.

Nous avions entamé notre dernière remontée lorsque Nikos a commencé à se conduire étrangement. Il gesticulait comme s'il tentait de repousser des adversaires invisibles. Soudain, il a perdu le contrôle de lui-même et s'est dirigé vers la surface sans respecter les paliers de décompression.

Il a été victime d'une embolie foudroyante et, quand ses compagnons l'ont hissé à bord, il était inconscient. En dépit de nos efforts, Nikos est mort sans avoir repris connaissance. L'équipage était atterré et, à la joie de la découverte avait succédé un abattement pesant. Le soir, tandis que nous faisions route vers Athènes, Yannis a été pris de vomissements violents, accompagnés d'une forte fièvre. Bientôt, il a déliré. Au milieu de la nuit, le marin qui le veillait est venu nous chercher, affolé. Yannis hurlait :

— Les jambes, les jambes ! Par pitié, il faut les remettre dans le coffre !

Curwen me lançait des regards embarrassés tandis que je m'efforçais au calme.

— Arrêtez-les ! gémissait le plongeur en se débattant. Les mouches, elles m'étouffent !

Quand nous avons accosté au Pirée, un médecin est monté à bord et a ausculté le malheureux. Il peinait à respirer et un liquide noirâtre suintait à la commissure de ses lèvres. Les efforts pour le sauver ont été inutiles. Yannis a rendu l'âme au petit matin, sans que quiconque eût compris la cause de son décès.

L'atmosphère à bord du bateau était délétère. La police portuaire avait mené une rapide enquête mais comme le médecin avait déclaré les morts accidentelles, elle a rapidement quitté le navire.

Curwen me battait froid et je le lui rendais bien. Un des matelots m'avait avoué que, la veille, les deux plongeurs avaient effectué une descente discrète dès les premières lueurs de l'aube.

Perdant patience, j'ai accusé Curwen d'avoir payé Yannis et Nikos pour rapporter à bord le contenu du coffre. Il a nié et m'a invité à fouiller le bateau. Je l'ai exploré de fond en comble sans trouver quoi que ce fût. Nous nous sommes séparés le jour même. J'ai emporté la statue de Thot et l'ensemble des pièces que nous avions remontées. Curwen a exigé de conserver les coffres. J'ai fini par céder. Il est reparti pour Boston et je ne l'ai jamais revu. »

 broke

Anne referma le livre. Une expression triomphante animait ses traits.

— Satisfaite ? interrogea Simon.

— Plus que satisfaite ! Azael sera content de nous. C'était une riche idée de consulter Antoine Loew. J'étais certaine qu'il nous aiguillerait dans la bonne direction ! Maintenant, il faut localiser Curwen ou ses héritiers. Les jambes de Baalzébuth sont à Boston. Curwen les a volées, j'en mettrais ma main au feu.

Quand ils regagnèrent la librairie, Loew les accueillit avec bienveillance.

— Alors, jeunes gens, avez-vous trouvé votre bonheur dans ce livre ? Si vous souhaitez l'acquérir, je vous ferai un prix d'ami.

— Hélas, j'ai peur qu'il soit trop cher pour moi, répondit Anne. Vous n'avez rien d'autre sur ce sujet ?

Le libraire réfléchit puis secoua la tête.

— Je regrette, mademoiselle, je ne vois vraiment pas.

— Tant pis. Merci de nous avoir permis de lire ce récit, il est passionnant !

Comme Anne et Simon franchissaient le seuil, le vieil homme se frappa le front et leur lança :

— Mais j'y pense, si quelqu'un peut vous renseigner à propos de cette histoire de statue babylonienne, c'est sûrement le professeur Lavelanet ! Arnaud Lavelanet. Allez le voir de ma part, il habite à Paris. Vous trouverez son adresse dans l'annuaire.

LE MIROIR D'EAU

Le bassin découpait un rectangle argenté dans l'angle sud du jardin. Quentin s'assit sur la margelle et tira de son jean le collier qu'Anne lui avait abandonné. En dépit de l'heure avancée, il ne trouvait pas le sommeil. Il posa son bâton et trempa sa main dans l'eau. Elle était tiède, légèrement visqueuse.

Voilà deux jours que Violaine était partie et l'inquiétude le taraudait. La colère aussi.

— Anne, ma sœur Anne, murmura-t-il, je vais te rendre la monnaie de ta pièce.

Du bijou, il effleura la surface du bassin. Elle se solidifia et adopta l'aspect d'un miroir terne que le sorcier tapota de son bâton.

Aussitôt, il s'éclaircit et un décor apparut : celui d'une chambre aux murs sombres encombrée d'un bric-à-brac de sorcière. Une lampe coiffée d'un abat-jour rouge sang dispensait une lumière chétive. Sur le lit, une silhouette féminine assoupie. Quentin fit un geste et le visage de la dormeuse emplit le miroir.

C'était Anne.

Il posa le collier sur le front de la jeune fille. Comme si elle en sentait le poids, ses paupières frémirent. Elle marmonna, mais ne s'éveilla pas. Aussitôt, le bijou scintilla et s'effaça. À sa place, une étroite ouverture apparut. Quentin poussa une exclamation de joie. Son corps devint diaphane, perdit sa consistance et s'engouffra par l'étrange interstice jusque dans la conscience d'Anne.

Il s'y nicha et attendit.

Bientôt, des lambeaux de rêves, de souvenirs lui parvinrent. Certains mettaient en scène Anne enfant, veillée par une gouvernante au visage sévère, d'autres la montraient adolescente, entourée d'adultes qui ne lui adressaient pas la parole et discutaient avec animation. Des émotions violentes le submergèrent : solitude, sentiment d'abandon, colère, désespoir, chagrin.

Ses parents n'étaient que de fugaces images, ternes et sans couleur. Lointaines. Anne marchait solitaire dans les rues de Paris, passait des heures à écumer les librairies ou à lire, enfermée dans sa chambre, à la lumière de bougies. Quentin la vit se livrer à des parodies de messes noires, seule ou en compagnie de Simon, son unique ami. Il la suivit au Père-Lachaise, la nuit de sa rencontre avec Azael.

Le cœur battant, il reconnut son propre visage baigné de soleil, à Tiffauges. Anne lui parlait, jouait à le séduire et pourtant, ce qu'il devinait d'elle à cet instant précis, c'était un trouble qu'elle ne s'avouait pas.

« Je ne lui suis pas indifférent », songea-t-il avec une joie nuancée d'anxiété. Il n'eut pas le temps de savourer cette découverte car la scène se transforma. Azael, visiblement très contrarié, expliquait que le manuscrit de Gilles de Rais l'avait conduit au Sahara occidental, jusqu'à la statue de Baalzébuth, mais qu'il n'en avait retrouvé que le torse. La tête et les membres avaient été sectionnés puis dispersés par les héritiers de Mesh.

Quentin accueillit cette nouvelle avec jubilation. Violaine et lui disposaient d'une marge de manœuvre inespérée. Et s'ils découvraient les membres manquants avant le démon, ils remporteraient la partie !

Sa joie fut cependant de courte durée. Anne, suivie de Simon, faisait irruption dans une pièce où Azael pianotait face à un écran et lui annonçait, triomphante :

— Je sais où se trouvent les jambes du Maître !

Les lèvres retroussées par un large sourire, le démon croisait les bras et attendait que la jeune fille continue.

Anne s'apprêtait à parler quand la scène se brouilla. Quentin, dépité, constata qu'il était de nouveau assis sur la margelle du bassin, rue des Bas-Fossés. Son sort s'était interrompu !

Derrière la surface figée, Azael le fixait avec froideur. Il tenait entre ses doigts le collier d'Anne.

— Crois-tu que je dorme, sorcier ? J'ai perçu ta présence in extremis et tes tours ne sont rien face à mes pouvoirs !

Le démon abattit son poing sur le miroir qu'avait créé Quentin. Il rendit un son mat et se fendilla. L'image d'Azael, démultipliée, étincela puis disparut. L'eau du bassin fut parcourue d'ondes concentriques et reprit son aspect initial.

— Un à un, murmura Quentin en regagnant la maison. Je sais maintenant que le temps joue pour nous, Azael, et que tes alliés sont plus fragiles que tu ne l'imagines.

RETROUVAILLES

— Il est magnifique, Violaine ! Comment pourrais-je accepter un si beau cadeau ?

Jeanne s'extasiait devant le collier que Violaine lui avait offert, une fine chaîne d'or ornée d'un pendentif incrusté de pierres bleues. La sorcière se garda de préciser que ce bijou était une amulette de protection. Si un danger la menaçait, Quentin et elle en seraient immédiatement avertis.

— Vous ne sauriez me faire plus plaisir qu'en l'acceptant.

La jeune femme le glissa autour de son cou et embrassa Violaine qu'en dépit de son air enjoué elle trouvait fatiguée et soucieuse. Elle-même avait passé une nuit éprouvante. Les images du désert de sable écarlate s'imposèrent fugacement à son esprit.

— Des nouvelles de Nicolas ? interrogea Violaine.

— Aucune, répondit Jeanne. Il m'arrive parfois de penser que je ne le reverrai plus.

Sa voisine la regardait avec compassion et Jeanne se demanda si elle ne devait pas lui avouer ses rêves. Les yeux cernés de Violaine la firent renoncer.

— Quentin sera ravi de vous retrouver. Vous lui avez manqué.

— Et c'est réciproque ! D'ailleurs, je souhaite l'emmener quelques jours à Paris avec moi. Nous pourrions partir après-demain. Y voyez-vous un inconvénient ?

Jeanne secoua la tête.

— Non. Revoir Paris lui fera du bien, il y a toujours vécu. Je ne suis sans doute pas la compagnie la plus gaie qui soit. Et puis ma sœur et mon beau-frère sont aux petits soins avec moi.

Elle passa son bras autour des épaules de la vieille femme et ajouta :

— Vous êtes notre bonne fée !

— Jamais on ne m'avait adressé un compliment pareil, s'amusa Violaine, mais je ne demande qu'à vous croire !

♂

Violaine s'était assoupie, bercée par les mouvements fluides du TGV. Le passage d'un train venant en sens inverse la réveilla. Elle consulta sa montre. Dans une heure, ils seraient à destination. Depuis une dizaine de jours, elle vivait en état de tension permanente et ce voyage était une accalmie avant la tempête qui se préparait.

Passé le choc de la révélation, elle avait réussi à accepter l'idée qu'elle était la fille de Gilles de Rais. Quentin avait appris la nouvelle avec effarement mais avait mis tout son cœur à la rassurer, trouvant pour l'aider les mêmes mots que la Galafre.

À travers ses cils baissés, Violaine observa son compagnon. Il dormait, la tête appuyée contre le montant du fauteuil. Sa ressemblance avec Jacques était criante. Adulte, Quentin serait Jacques retrouvé. Il possédait d'incroyables ressources et manifestait les dons remarquables de celui qu'il avait été. Il fallait lui laisser du temps pour s'aguerrir, voilà tout.

La transformation que Quentin avait opérée lorsqu'il s'était lancé à la poursuite d'Azael dans le cyberespace était ahurissante. Un bon sorcier pouvait se changer en animal, en végétal. Un excellent sorcier en ombre ou en vapeur. Mais adopter une forme aussi éloignée de l'humain qu'un brouillard électronique était une performance dont elle se serait montrée incapable.

Enfin, parvenir à envoûter Anne en se servant de son collier, entrer dans son esprit et apprendre que la statue avait été découpée puis ses morceaux dispersés à travers le monde, représentait un étonnant tour de force.

Si elle l'avait osé, elle aurait tendu la main pour suivre du bout des doigts le dessin de ses yeux, de ses lèvres, de son menton. Son geste aurait été malvenu et sans doute incompris. Pourtant, revoir ce visage après tant de siècles était l'expérience la plus vertigineuse qu'elle eût connue.

La plus cruelle aussi.

Quand Jacques était mort, elle était une adolescente, lui un homme. Aujourd'hui, la situation s'était inversée. Quentin était presque un enfant et elle une vieille femme.

La vie, même pour une sorcière, était douloureuse et faite d'autant de regrets et de désirs inaboutis que celle des gens normaux.

Violaine soupira. Avec un peu de chance, le professeur Lavelanet, dont Quentin avait découvert le nom et l'adresse sur Internet, leur livrerait des informations susceptibles de mettre Azael en échec. Ce que Jacques n'avait pu faire, elle l'accomplirait.

Sans crainte cette fois. Sa vie avait été si longue et elle en avait vu tant mourir autour d'elle…

Elle baissa les paupières et le visage de son maître lui apparut avec une netteté extraordinaire, comme jamais elle ne l'avait revu dans ses souvenirs. Ou dans ses rêves. Un Jacques jeune et rayonnant, qui aurait eu l'âge du garçon assis en face d'elle.

Les battements de son cœur s'accélérèrent et elle éprouva une exaltation soudaine à la pensée que Quentin et elle étaient unis dans cette aventure.

Ils la mèneraient à son terme.

Ensemble et quoi qu'il advienne.

LE MUSÉE CURWEN

Boston, États-Unis.

Le musée Curwen était situé au cœur historique de Boston, dans Hanover Street, à deux pas de la Old North Church. La demeure qui l'abritait, l'une des plus anciennes de la ville, avait jadis appartenu à Charles Dexter Curwen.

Issu d'une famille qui s'enorgueillissait d'avoir gagné le Nouveau Monde à bord du Mayflower, diplômé de Harvard, cet archéologue avait consacré son existence et une partie de ses immenses richesses à créer et enrichir sa collection privée.

Longtemps, Curwen avait été un colosse que ni le danger ni les privations n'effrayaient, et sa vie aventureuse était une légende dans les milieux universitaires. Sa vieillesse n'était cependant guère enviable. Frappé de démence sénile, il avait été interné dans une institution psychiatrique privée à Arkham, non loin de Providence. Sa fille, unique héritière de la fortune familiale, avait fait don de la demeure paternelle et de son fonds archéologique à la ville de Boston qui l'avait ouverte au public.

Il était presque minuit. Iain Graddy lança un regard désabusé aux écrans de surveillance. Du plus loin qu'il s'en souvienne, personne ne s'était jamais risqué à pénétrer dans le musée par effraction. Les salles étaient équipées de détecteurs de mouvement et d'incendie. Des caméras fonctionnant vingt-quatre heures sur vingt-quatre surveillaient les allées et venues dans l'enceinte et hors du bâtiment. Les fenêtres étaient pourvues de barreaux, de vitres blindées et de capteurs sensibles au moindre choc. Enfin, les œuvres les plus précieuses étaient reliées à un tableau central. Un simple effleurement déclenchait des sirènes capables de réveiller le quartier entier.

Assis à côté de lui, son collègue Richard Caldwell mâchait avec application son cinquième Dunkin'Donuts en buvant de larges rasades de Coca. Graddy soupira :

— Tu ne devrais pas te gaver de ces saletés ! C'est mauvais pour la santé.

Richard haussa les épaules et pêcha un nouveau beignet ruisselant de sirop d'érable dans la boîte en carton posée devant lui.

— Peut-être, mais j'aime sacrément ça.

— Bon, suicide-toi à coups de calories, moi je vais faire ma ronde.

Il coupa l'alarme des couloirs et gagna le hall. C'était le moment qu'il préférait, celui des promenades solitaires et nocturnes à travers le musée. Son imagination s'en donnait à cœur joie. Graddy se laissait aller à rêver qu'il était le propriétaire des merveilles que Curwen avait glanées lors de ses expéditions : statues assyriennes, momies et sarcophages égyptiens, sculptures grecques ou romaines, abside d'une chapelle romane rapportée d'Europe pierre à pierre, tableaux de maîtres de toutes les origines et de toutes les époques.

Le gardien était sur le point de boucler sa visite quand il aperçut une lueur dans la salle des antiquités égyptiennes. Surpris, il s'approcha.

Un garçon de seize ou dix-sept ans, à l'épaisse chevelure brune, était accroupi devant un coffre de bois sculpté.

Le gardien leva les yeux. Les plafonniers étaient éteints. Mais alors d'où provenait le nimbe rougeâtre qui entourait l'adolescent et éclairait les parois du coffre ? Pour un peu, Graddy aurait affirmé qu'il émanait de ce garçon ! Et pourquoi les alarmes ne s'étaient-elles pas déclenchées ? Graddy consulta les témoins lumineux des capteurs. Ils clignotaient, preuve qu'ils fonctionnaient. Quant aux caméras, elles balayaient la pièce. Dans ce cas, pourquoi Caldwell, dans la salle de contrôle, ne réagissait-il pas et ne donnait-il pas l'alerte ?

L'inconnu ne se préoccupait pas de sa présence, absorbé dans la contemplation du coffre qu'il palpait avec délicatesse. Graddy empoigna sa matraque et tonna :

— Eh vous, que faites-vous ici ?

Le garçon se retourna avec lenteur. Ses yeux brasillèrent et le gardien, effrayé, recula.

— J'avais besoin d'une confirmation.

Ses lèvres s'étirèrent en une grimace sardonique. La lumière qui le baignait s'évanouit et la pièce fut plongée dans la pénombre.

Graddy franchit le seuil. Aussitôt, les plafonniers s'allumèrent. Il poussa un juron. L'intrus avait disparu. Il n'eut pas le temps de s'interroger davantage, le hurlement des sirènes perça ses tympans et il plaqua vivement ses mains sur ses oreilles.

L'alarme! En entrant, il avait déclenché l'alarme!

Les heures qui suivirent furent pour Graddy les plus pénibles de sa carrière. Personne ne crut à son récit. Les enregistrements vidéo ne révélèrent aucune présence humaine dans la salle, hormis la sienne.

Le seul détail qui frappa les enquêteurs, ce fut la mouche qui, posée sur l'objectif de la caméra, dessinait des huit obstinés. Elle s'était envolée au moment précis où Graddy s'était dirigé vers le coffre. Sans doute effrayée par le vacarme.

LA GARDIENNE

Le taxi s'arrêta devant un superbe immeuble de pierre blanche. À travers la vitre, Quentin détailla la façade ornée de colonnettes et les fenêtres surmontées de tympans. Ils se trouvaient dans un des quartiers les plus luxueux de Paris et vivre ici était hors de prix.

— On est arrivés, déclara Violaine.

Elle régla la course au chauffeur et lui abandonna un pourboire si royal qu'il se confondit en courbettes et porta leurs bagages jusqu'au porche. Quentin attendit que le véhicule ait démarré pour demander :

— Tu loues un appartement ici ? Ça doit te coûter les yeux de la tête.

— Pas exactement, le corrigea sa compagne. Je possède l'immeuble. C'est beaucoup moins de soucis.

Quentin faillit en lâcher son sac.

— Hein ? L'immeuble entier ?

— Évidemment ! J'occupe la moitié d'un étage, le reste est en location. Tu sais, en cinq siècles, on a le temps de se constituer un pécule. Ce bâtiment-ci, je l'ai acheté il y a une petite centaine d'années. Et je dois reconnaître que c'est un bon placement, compte tenu de la hausse de l'immobilier. On peut être sorcière et avoir le sens des affaires...

— Parce que tu en possèdes d'autres ? s'étonna Quentin.

Violaine hocha la tête.

— Un certain nombre. Il semblerait que je sois un excellent parti, commenta-t-elle, pince-sans-rire, mais les prétendants ne se pressent guère !

La sorcière composa le code d'entrée et poussa la porte de chêne massif. Quentin la suivit dans un hall aux murs recouverts de boiseries et de miroirs. Chaque jour, la personnalité de Violaine lui apparaissait plus complexe, plus étonnante. Oublié l'accent chantant du Sud. Ici, son amie s'exprimait avec des inflexions châtiées. Elle ne ressemblait plus à la petite bonne femme de Comberoumale aux allures de retraitée fantasque. D'ailleurs, elle était vêtue d'un tailleur très élégant et le collier de perles qu'elle portait au cou n'avait pas l'air en toc. Qu'avait été sa vie après la mort de Jacques ? Il n'avait osé le lui demander, redoutant de paraître indiscret.

Dans un chuintement feutré, l'ascenseur les conduisit au dernier étage. Une moquette épaisse recouvrait le sol, Quentin la foula avec délices et sourit : c'était comme piétiner la fourrure d'un ours en peluche.

L'appartement était à la hauteur de ce que le quartier et le bâtiment laissaient présager. Parquets lustrés, tapis, meubles anciens et modernes, tableaux, bibelots rares : chaque détail respirait le luxe et le bon goût.

— Viens déposer tes affaires.

Violaine le conduisit dans une chambre mansardée pourvue d'une spacieuse salle de bain. Derrière les baies vitrées, les toits gris de Paris moutonnaient jusqu'à l'horizon.

— Je prépare un thé, tu en veux ?

— Pourquoi pas…

Violaine disparut en direction de la cuisine. Quentin gagna le salon et se laissa tomber dans un canapé. Il parcourut la pièce du regard et se figea. Une chatte noire, ramassée sur un guéridon, le fixait de ses yeux verts. Comme elle ne bougeait pas, le garçon crut qu'elle était empaillée mais l'animal se lécha soudain une patte, bâilla et dit avec une grande courtoisie :

— Bonjour, jeune sorcier !

Alarmé, Quentin bondit sur ses pieds et fit apparaître son bâton.

— Du calme, du calme, conseilla le félin. Quelle impulsivité ! Ici, tu ne risques rien, je veille.

Quentin, décontenancé, abaissa son bâton. Il se sentait ridicule à menacer une chatte. Elle s'assit et reprit sa toilette, indifférente à sa présence, relevant par instants la tête pour l'observer. Dans ses pupilles rondes dansait une lueur ironique.

— Ah, je vois que Rakshasa et toi venez de faire connaissance ! s'exclama Violaine qui revenait avec le thé.

— Cette chatte parle ! s'écria Quentin abasourdi.

L'animal considéra son interlocuteur.

— Tu l'entends, Violaine ? Comme les humains sont impudents… Bien sûr que je parle ! Qu'y a-t-il d'étonnant à ça ?

La voix du félin trahissait son mépris.

— Quentin, cette bête charmante est mon démon familier, expliqua Violaine. Imagines-tu que je laisse cet appartement sans protection quand je m'absente? Outre les babioles susceptibles d'intéresser les voleurs, il contient des objets magiques très rares et des grimoires précieux. Rakshasa monte la garde. Elle est plus efficace qu'une alarme électronique.

— Et moins onéreuse! plaisanta la chatte.

Elle se dressa sur ses pattes arrière et esquissa une révérence.

— Autre avantage, je transforme les cambrioleurs en souris et je les croque! Pas de traces, pas de plaintes, pas de procès! Cherche-t-on noise au Chat botté?

Elle cligna de l'œil et se lécha les babines avec gourmandise. Violaine pouffa.

— Ne la crois pas, Quentin. Rakshasa adore provoquer ses interlocuteurs mais elle a bon fond.

La chatte sauta à bas du guéridon, grimpa sur le canapé et s'installa sur les genoux du garçon.

— Tout à fait! Qui plus est, j'adore qu'on me gratte sous le menton et qu'on me caresse le dos, déclara le félin sans plus de façons. C'est ma seconde nature qui revient au galop!

Quentin hésita puis éclata de rire et s'exécuta.

— Rakshasa t'a adopté, s'amusa Violaine, c'est bon signe! D'habitude, c'est une vraie sauvage.

— Une tigresse, compléta le démon dans un bâillement.

Ses yeux verts se posèrent sur la bague que Quentin portait au majeur.

— D'où tiens-tu ce bijou? Il n'est pas commun.

Le garçon résuma les circonstances de sa découverte et ajouta :

— Violaine ne se souvient pas d'avoir vu Jacques le porter et nous ignorons s'il possède un pouvoir.

— Si les Passeuses t'ont indiqué où le trouver, assura Rakshasa, c'est qu'il te sera utile. Ne t'en sépare pas.

— C'est ce que je pense aussi, ajouta Violaine en remplissant deux tasses de thé.

Quentin s'attendait à ce que le démon en réclame une mais ce dernier s'étira voluptueusement et entreprit de ronronner avec ardeur.

Face à lui, de grandes fenêtres vitrées offraient une vue exceptionnelle sur la capitale. Juste au-dessus du guéridon où Rakshasa veillait quand ils étaient arrivés, le portrait d'un aristocrate grand et blond, vêtu à la manière du XVIIIᵉ siècle, attira son attention. L'homme était d'une beauté remarquable.

— Qui est-ce ? interrogea Quentin en désignant le tableau.

Violaine rougit et affecta un air embarrassé. La chatte interrompit ses ronrons, tourna la tête vers Quentin et dit avec une intonation mielleuse :

— Son mari, voyons, Charles de Varonnet. Vieille noblesse française. Remonte au moins aux croisades. Violaine a omis de t'en parler ? Bah, c'était il y a si longtemps ! Voilà le problème avec les femmes, elles vivent en général plus longtemps que les hommes. Le tableau est l'œuvre de Chardin et, contrairement à son modèle, il a plutôt bien supporté l'outrage des siècles !

La sorcière foudroya du regard Rakshasa qui, ignorant son air courroucé, feignit de s'endormir. Quentin ne dit mot.

Évidemment, en plus de cinq siècles, la vie d'une femme telle que Violaine avait dû être riche d'événements. Trois cents ans auparavant, elle était jeune. Très jolie. Bien des hommes avaient dû la courtiser.

Violaine buvait son thé à petites gorgées, le visage fermé.

— Comment penses-tu prendre contact avec le professeur Lavelanet? s'inquiéta Quentin. On ne peut pas arriver chez lui sans raison valable et lui demander s'il connaît la pierre de sang, Azael et Baalzébuth!

À ces mots, Rakshasa tressaillit. Ses paupières se soulevèrent et ses yeux verts flamboyèrent.

— J'y ai réfléchi, répondit Violaine. Je possède un objet qui l'intéressera.

La sorcière disparut dans le couloir et revint, une chemise épaisse à la main. Elle en tira un manuscrit protégé par du papier de soie. Le document semblait familier à Quentin, sans qu'il pût dire où il l'avait vu. C'était un texte en arabe, tracé avec minutie sur une peau lisse et fine. Les caractères étaient minuscules mais, fort des connaissances héritées de Jacques, il traduisit sans difficulté les premières lignes :

— « *Moi, Abdul Ibn Azred, gardien de la crypte, je consigne à l'usage de mon fils aîné, Naïm, le récit qui a été transmis de génération en génération, et cela depuis que notre aïeul, le mage Habram, a cru bon de mettre la pierre en lieu sûr afin que le règne du Mal n'advienne jamais.* »

— Le manuscrit que Gilles de Rais a soumis à Jacques Guernière dans la crypte! s'exclama-t-il. L'histoire d'Habram le Babylonien!

— C'est exact. Il se trouvait parmi les grimoires qu'Eliphas m'a légués. Je suis persuadée que ce document sera le sésame qui nous ouvrira la porte du professeur Lavelanet. Pour un spécialiste de l'Antiquité, c'est un trésor inestimable. Si je lui permets de l'étudier, et dans l'hypothèse où il possèderait des lumières sur le sujet qui nous intéresse, il acceptera de nous renseigner sans rechigner. Je lui téléphonerai dans la soirée.

Rakshasa se leva et bondit sur le dossier du canapé.

— Attention, grogna-t-elle en arquant le dos, vous vous attaquez à du gros gibier ! Azael n'est pas n'importe qui. Dans les mondes inférieurs, on a appris son évasion avec allégresse.

— Ça ne t'a pas fait plaisir à toi ? s'étonna Quentin. Tu es un démon, pourtant !

— Je suis un bon démon, rectifia la chatte. Depuis toujours, certains des miens entretiennent de féconds rapports avec les humains. Surtout quand on les caresse dans le sens du poil, si tu vois ce que je veux dire. Et puis, comment ne pas succomber au charme de Violaine ?

Quentin pouffa et grattouilla Rakshasa sous le menton. Voulant détendre l'atmosphère, il montra le tableau du pouce et ajouta :

— Apparemment, tu n'as pas été la seule !

Violaine blêmit. Elle se leva et sortit de la pièce en claquant la porte. Quentin comprit qu'il avait commis une maladresse.

— Tu la connais depuis longtemps ? demanda-t-il à la chatte quand il fut certain que la sorcière ne risquait pas de revenir et de surprendre leur conversation.

Rakshasa ouvrit sa gueule en une parodie de sourire.

— Depuis quatre cent cinquante-sept ans exactement ! Et si je peux me permettre un conseil, il y a des
jours où elle n'a pas le sens de l'humour. Sur certains
sujets, elle réagit de manière… disons épidermique.
Alors méfiance ! Mais ne t'inquiète pas, précisa-t-elle
sur un ton qui se voulait rassurant, je ne l'ai jamais vue
bouder plus d'un siècle ou deux…

UN LONG SOMMEIL

Arkham, États-Unis

L'institution du docteur Ward se dressait sur les berges de la rivière Miskatonic. C'était une demeure du XVIIIe siècle à l'architecture prétentieuse, dotée d'un fronton triangulaire supporté par des colonnes doriques.

Là, des hommes et des femmes appartenant aux familles fortunées du Massachusetts et de Rhode Island finissaient leurs jours dans l'opulence et la sérénité. Une section entière de la bâtisse était réservée aux patients les plus « difficiles », pour employer la terminologie du docteur Ward. Charles Dexter Curwen y résidait depuis bientôt vingt ans.

Sa maladie s'était déclarée progressivement. À cinquante-trois ans, peu après la mort de sa femme, il s'était plaint d'insupportables bourdonnements d'oreilles. Bientôt, il avait été victime de troubles visuels. Le milliardaire prétendait voir des points noirs tourbillonner sans relâche devant ses yeux. Un examen oculaire n'ayant rien révélé, les médecins envisagèrent un problème neurologique mais les examens complémentaires furent négatifs.

Lorsque Curwen affirma que les points étaient des mouches et qu'il distinguait avec netteté leur corset, leurs ailes et leurs pattes, on lui prescrivit un traitement antidépresseur. Rien n'y fit, il devint de plus en plus sombre et agressif.

Un soir enfin, ses domestiques affolés l'entendirent hurler d'effroi dans sa chambre. Ils se précipitèrent et trouvèrent leur maître recroquevillé au sol, se protégeant la tête des deux mains.

— Les mouches, gémissait-il, les mouches! Aidez-moi, je vous en supplie. Elles veulent pondre leurs œufs dans ma cervelle!

Esther, sa fille, quitta Providence pour se rendre à son chevet. Curwen ne la reconnut pas. Il roulait des yeux fous et pleurait comme un enfant. La mort dans l'âme, elle accepta qu'il soit placé à l'institution Ward. Depuis, le malheureux alternait crises de démence et d'apathie sans qu'un quelconque traitement parvienne à le soulager.

☿

Il était minuit trente. Curwen dormait dans sa chambre, assommé par les somnifères. Soudain, il s'éveilla et sa conscience depuis si longtemps engourdie redevint claire. Il lui semblait s'extraire d'une gangue craquante, à la manière d'un insecte qui fend sa chrysalide pour s'en échapper.

La pièce était plongée dans l'obscurité. Pourtant, il percevait, sous ses paupières baissées, une faible

luminosité. Il tendit l'oreille et s'étonna. Les bourdonnements qui le rendaient fou depuis près de vingt
ans s'étaient évanouis. Le vieillard ouvrit les yeux,
redoutant de deviner, dans la pénombre, les essaims
de mouches qui brouillaient sa vue.

Il ne vit rien. Rien d'autre qu'une clarté rougeâtre
provenant du salon. Intrigué, il se leva et parcourut les
quelques mètres qui l'en séparaient. Un jeune homme
était assis dans un fauteuil.

— Prenez place, mon cher.

Il parlait d'une voix affable, aristocratique, mais
sa proposition sonnait comme un ordre. Le vieillard,
dompté, s'exécuta.

— Savez-vous qui je suis ? interrogea l'inconnu.

Curwen hocha la tête. Il était au-delà de la peur,
saisi d'un respect quasi religieux devant l'apparition.
D'une certaine façon, il attendait sa venue depuis ce
jour maudit où…

— Vous devinez donc ce que je cherche, poursuivit
son visiteur.

Le vieil homme fut parcouru de tremblements
nerveux et se tint coi. Sans se départir de son calme,
l'adolescent répéta sa question sur un ton plus sec.

— Oui, je sais ce que vous voulez, balbutia Curwen
avec réticence.

Jamais il n'avait toléré qu'on s'adresse à lui sur ce
ton mais il se sentait fatigué. Et démuni. Les sourcils du garçon s'arrondirent et une expression amusée
voleta sur ses lèvres.

— Parfait ! Indiquez-moi par conséquent où je dois
chercher.

Ses pupilles étincelaient sous l'effet de la joie.

Il joignit les doigts, adressa à Curwen un sourire radieux et ajouta :

— Mais auparavant, racontez-moi comment vous avez subtilisé les jambes de Baalzébuth au nez et à la barbe de Maxime du Pertuis. J'adore les fripouilles et les belles histoires. Surtout lorsqu'elles concernent mon Maître !

LA FOSSE DES MARIANNES

Le visage ridé de Curwen était aussi inexpressif qu'un masque de cire. Quand il parla, sa voix n'était qu'un murmure inaudible. Son interlocuteur n'en parut aucunement gêné. Il s'adossa aux coussins et écouta avec attention le vieil homme raconter les préparatifs de la campagne de fouilles. Lorsqu'il en arriva au navire englouti et à la découverte qu'avait faite Duplessis, Curwen s'anima brusquement :

— Je voulais ce que renfermait ce coffre ! Je le voulais plus que tout ! Alors, j'ai proposé une forte somme aux deux plongeurs pour qu'ils redescendent et qu'ils dissimulent son contenu. Le soir, j'ai saoulé ce benêt de du Pertuis. À l'aube, il dormait encore, assommé par l'alcool. Yannis et Nikos en ont profité pour regagner l'épave. À l'intérieur du deuxième coffre, ils ont trouvé une forme oblongue, emmaillotée dans un suaire. Ils s'attendaient à déployer des efforts considérables pour la soulever mais, à leur grande stupeur, elle ne pesait presque rien. Ils l'ont sortie de la galère et l'ont déposée sur le sable.

Curwen s'interrompit, le souffle court, comme si raconter ses souvenirs l'épuisait. Impassible, Azael lui fit signe de reprendre.

– Quand ils l'ont débarrassée de son voile, ils ont découvert les jambes d'une statue. Elles étaient taillées dans une pierre rougeâtre semblable à de la pierre ponce, à cette différence près qu'elle ne flottait pas. Ils l'ont recouverte de sable, ont pris des repères précis pour la retrouver, sont remontés à la surface et m'ont rendu compte, s'attendant à me voir déçu. Bien au contraire, je me suis senti empli d'une joie sauvage. Ce morceau de statue était à moi et à moi seul ! Je le posséderais, quel qu'en soit le prix à payer. Mon plan était limpide : ces jambes resteraient cachées sous le sable. Nous remonterions le reste et, notre expédition achevée, je reviendrais avec des hommes sûrs pour récupérer mon trésor. La mort des deux plongeurs m'a plongé dans la perplexité et ma fâcherie avec du Pertuis, qui avait deviné mes manigances, m'a retenu de revenir trop vite.

Le vieillard contemplait le vide de son regard embrumé.

– Trois mois plus tard, j'affrétais un nouveau navire composé d'un équipage américain. Mes hommes ont retrouvé les jambes là où Yannis et Nikos les avaient cachées et les ont chargées à bord. L'épave s'était totalement décomposée, comme rongée par la lèpre, et je n'ai pu m'empêcher de penser que la présence de cette étrange relique à son bord l'avait protégée des atteintes du temps. J'ai rapporté les jambes à Boston et je les ai dissimulées chez moi. J'ai alors entrepris de longues recherches qui m'ont conduit aux quatre coins du monde. Laborieusement, j'ai reconstitué l'histoire de la pierre de sang, celle de la statue de Baalzébuth et…

Le vieillard tordit ses mains avec appréhension.

— Et?

— Et épouvanté, j'ai décidé de me débarrasser des jambes.

Pour la première fois, le garçon perdit son calme. Il se pencha en avant et affirma avec hargne :

— Vous ne pouvez les avoir détruites!

— Non, répondit Curwen sur un ton las. Je n'y suis pas parvenu. Ces monstruosités résistaient à tout, aux instruments les plus coupants, aux acides comme aux chocs ou aux chaleurs extrêmes. En désespoir de cause, j'ai décidé de les jeter à un endroit où personne ne les récupérerait jamais.

— Mais vous allez me dire où, si vous ne voulez pas que votre fille Esther connaisse le destin de votre épouse tant aimée…

Le vieil homme gémit en repensant à son retour du Pacifique, vingt ans auparavant. Pendant son absence, sa femme avait été trouvée morte, le visage défiguré par une épouvante atroce. Si atroce qu'elle avait provoqué un arrêt cardiaque. Curwen en avait conçu un terrible chagrin. Ses bourdonnements d'oreilles et ses visions s'étaient déclarés peu après.

Le vieil homme retint un sanglot et murmura :

— Leur position est gravée à jamais dans ma mémoire. J'ai jeté les jambes de la statue dans la fosse des Mariannes, à onze mille mètres de profondeur, non loin de l'île de Guam, par 11° 21' de latitude Nord et 142° 12' de longitude Est.

Un cri de joie échappa à son interlocuteur qui se leva et tendit l'index dans sa direction.

– J'espère, mon cher ami, que vous ne m'avez pas menti. Auquel cas, je reviendrai. Et je vous assure que notre second entretien sera beaucoup moins cordial que celui-ci!

Le halo rougeâtre qui auréolait le garçon devint écarlate puis s'éteignit. Curwen comprit qu'il était seul. Le silence était total, la nuit apaisante. Il se recroquevilla dans son fauteuil et attendit.

Ce n'est qu'à l'aube, lorsque les premiers bourdonnements résonnèrent à ses oreilles, qu'il commença à hurler.

LE MANUSCRIT DES TEMPLIERS

Le professeur Lavelanet ouvrit la porte de son appartement et parut surpris par la présence de Quentin aux côtés de Violaine. Après avoir salué sa visiteuse, il se tourna vers le garçon et le dévisagea avec attention.

– Je vous présente mon petit-fils, Quentin, annonça Violaine. Il a tenu à m'accompagner car il est passionné d'archéologie. Ne vous laissez cependant pas abuser par son jeune âge, il lit couramment le latin et le grec.

Lavelanet enregistra cette information sans étonnement particulier. Il contempla l'adolescent puis lui tendit la main.

– Je vous comprends. À votre âge, les civilisations antiques étaient déjà l'affaire de ma vie. Eh bien, faites-moi le plaisir de me suivre. Je suis impatient de m'entretenir avec vous du sujet qui nous préoccupe.

Il les conduisit dans le capharnaüm qui lui servait de bureau et Quentin échangea un regard amusé avec Violaine. Partout, des piles de livres en équilibre instable menaçaient de s'écrouler. La bibliothèque occupait trois pans de mur et l'abondance des volumes ne laissait pas un espace disponible. Des tentures poussiéreuses encadraient la fenêtre ; une lumière éteinte traversait les carreaux vert d'eau. Derrière, on apercevait le feuillage de grands arbres baignés de soleil.

L'archéologue était un homme de taille moyenne et d'une exceptionnelle maigreur, comme desséché par la chaleur des déserts où il avait passé la moitié de son existence. Il n'était cependant pas dénué de charme avec son visage énergique, sa silhouette élancée mise en valeur par un costume d'excellente coupe et son épaisse chevelure, blanche et emmêlée.

Il offrit des fauteuils à ses hôtes et contempla avec émerveillement le parchemin que Violaine sortit d'une chemise matelassée.

— M'accordez-vous le temps de le parcourir ? proposa-t-il avec un sourire gourmand.

Violaine et Quentin hochèrent la tête tandis que l'archéologue s'absorbait dans sa lecture. Quand il l'eut achevée, il ôta ses lunettes, inclina la tête et mordilla son index avant de déclarer :

— Ce manuscrit est passionnant de bout en bout ! À première vue, il semble authentique…

Il rajusta ses lunettes avant de poursuivre :

— Mais des examens de laboratoire seraient nécessaires pour parvenir à une conclusion définitive. Serait-il indiscret, madame, de vous demander d'où vous le tenez ?

Violaine jeta un regard en coin à Quentin et annonça :

— Je me nomme Violaine de Varonnet.

Le visage de Lavelanet s'éclaira.

– Quelle bonne surprise ! De la famille d'Eustache de Varonnet, qui perdit la vie en défendant Saint-Jean-d'Acre en 1291 ?

– C'est cela, confirma Violaine. Ce manuscrit appartient à nos archives. Il se trouve que je suis passionnée d'histoire, arabisante de surcroît, et que j'ai entendu parler de vos travaux. Quand j'ai découvert puis traduit ce document, j'ai songé que la seule personne capable de m'éclairer, c'était vous.

Une lueur de fierté s'alluma dans les yeux du chercheur.

– Vous ne pouviez mieux tomber ! Cette légende et les légendes qui y sont afférentes m'occupent depuis bientôt trente ans ! Au cours des années, j'ai accumulé les notes concernant cette mystérieuse pierre de sang. Il sera passionnant de confronter nos connaissances ! Avec ce récit, nous atteignons ce point critique où l'Histoire et la fiction fusionnent. J'ai d'ailleurs publié quelques articles sur ce sujet. Sans beaucoup d'échos, hélas ! Le surnaturel n'a pas bonne presse chez les universitaires…

D'un geste agacé, Lavelanet passa ses mains dans sa crinière et ajouta :

– Bien entendu, mes collègues me prendraient pour un fou, mais j'ai l'intime conviction que cette histoire n'est pas une fable. J'ai retrouvé des textes médiévaux attestant que les Templiers avaient rapporté la pierre du Liban, lors de la deuxième croisade, ainsi qu'un manuscrit en expliquant l'origine.

Il lissa le parchemin posé sur sa table et sourit.

– Et voilà que je tiens ce manuscrit entre mes mains ! Convenez qu'il y a de quoi être ébranlé. Pardonnez-moi de vous reposer cette question, mais savez-vous dans quelles circonstances votre famille en est devenue propriétaire ? J'en avais perdu la trace au XVe siècle.

– Je n'en ai aucune idée, mentit Violaine. Notre bibliothèque est immense. Je l'ai déniché entre les pages d'un volume que personne n'avait ouvert depuis une éternité.

– Étonnant, vraiment étonnant, marmonna Lavelanet. Nous sommes face à un incroyable jeu de piste. Reconstituer la trajectoire de ce document serait une véritable gageure ! Certains textes en ma possession relatent de manière précise les difficultés que les Templiers ont rencontrées pour transporter la pierre jusqu'en France et les morts étranges qui ont jalonné leur voyage, à tel point que les supérieurs de l'Ordre décident de la dissimuler dans un endroit connu de rares initiés et de ne l'approcher sous aucun prétexte ! En 1307, lorsque le roi Philippe le Bel ordonne l'arrestation des Templiers, la pierre est de nouveau placée en lieu sûr, à l'initiative de Jacques de Molay, le dernier grand maître, afin d'échapper aux investigations. Plus d'un siècle après la dissolution de l'Ordre, trois descendants des moines soldats, peu respectueux du serment de leurs aïeux, l'auraient vendue, ainsi que ce manuscrit, contre une somme colossale au seigneur de Tiffauges, Gilles de Rais, qui espérait en tirer fortune.

– Avez-vous des preuves de ce que vous avancez ? interrogea Violaine.

Lavelanet hocha la tête.

– J'ai consulté les comptes rendus de son procès. Lors d'un interrogatoire à huis clos, l'ex-compagnon de Jeanne d'Arc prétend avoir possédé cette pierre et l'avoir nourrie du sang de ses victimes. Il affirme que l'arrière-petit-fils de l'alchimiste Arnaud de

Villeneuve, Jacques, la lui aurait dérobée par magie, avec le manuscrit, et que, privé de leur protection, il a couru à sa perte. Gilles de Rais était un fou pervers mais je ne vois pas l'intérêt d'avoir tissé de telles fadaises. Il se savait condamné et pareilles révélations n'étaient pas de nature à sauver sa vie.

Ses yeux bleus allèrent pensivement de Violaine à Quentin.

— Et voilà que près de six cents ans plus tard, vous venez me voir avec ce parchemin que je croyais disparu à jamais. Comment douter à présent de l'existence de la pierre ?

— Si cette pierre a vraiment existé, interrogea Violaine, qu'est-elle devenue ?

LA STATUE DE BAALZÉBUTH

Le professeur leva les bras en signe d'ignorance.

– Bien malin qui connaît la réponse! Arnaud de Villeneuve n'a jamais eu d'arrière-petit-fils nommé Jacques. Était-ce pure fabulation de la part de Gilles de Rais? Pourquoi aurait-il menti? À moins qu'il n'ait été abusé? Je n'en sais fichtre rien!

Le savant reporta ses yeux sur le manuscrit, semblant y chercher des détails qu'il n'aurait pas remarqués à la première lecture.

– Ce texte fait allusion à Mesh, le fils d'Habram. Connaissez-vous la légende qui le met en scène et qui est tout aussi passionnante que celle d'Habram?

– Non, répondit Violaine, nous serions ravis que vous nous la racontiez.

Sa voix était calme mais Quentin perçut l'excitation qui l'habitait. Peut-être, grâce à l'archéologue, étaient-ils en passe de reprendre l'avantage sur Azael.

– Rappelez-vous, commença Lavelanet, le moment où Habram décide de fuir Babylone en emportant la pierre. Il confie à son fils, Mesh, la charge de la statue, celle qui représente Baalzébuth, Seigneur des

Mouches, susceptible de s'animer pour peu qu'Azael parvienne à ses fins en recrutant de nombreux disciples et en versant sur la statue le sang d'une femme prédestinée à ce sacrifice.

Violaine émit un soupir et une grimace de dégoût s'afficha sur son visage. Le professeur la gratifia d'un éblouissant sourire.

— C'est effectivement épouvantable, je vous l'accorde ! Donc Mesh et les siens gagnèrent l'Égypte dans le plus grand secret et s'installèrent à Memphis. Là, aidés des prêtres de Thot avec lesquels ils entretenaient des liens étroits depuis de longues années, ils creusèrent une crypte où ils dissimulèrent l'idole maudite. De puissantes figures de protection la cernaient et limitaient son pouvoir. Le sorcier pensait que, privée de sang, elle s'affaiblirait et deviendrait inoffensive. Les prêtres de Thot consultèrent leur dieu et lui demandèrent comment empêcher la venue de Baalzébuth sur terre. La réponse de l'oracle fut sibylline : « Celui qui effacera le nom du Seigneur des Mouches sera l'unique aux cent millions de bras. ».

— L'unique aux cent millions de bras ! Qu'est-ce que ça signifie ? s'étonna Quentin.

— Aucune idée ! répondit Lavelanet. Et comme vous, ce pauvre Mesh ne fut pas plus avancé. Les années puis les siècles passèrent. Un jour pourtant, un événement horrible endeuilla la communauté des gardiens. Un homme, lointain descendant de Mesh, offrit un sacrifice humain à Baalzébuth. Par chance, les prêtres de Thot s'en aperçurent avant qu'il renouvelle son geste. S'étonnant que la statue ait retrouvé sa capacité de nuire, ils la soumirent à une surveillance accrue. Ils constatèrent alors que les chats qui peuplaient le temple dévoraient leurs proies sur ses pieds et laissaient ainsi couler du sang que la pierre buvait aussitôt.

« Les chats ! songea Quentin en se rappelant le journal du vieil historien. Voilà comment Azael a recouvré ses forces. En attirant les chats dans la crypte ! »

Un discret battement de cils lui fit comprendre que Violaine était parvenue à la même conclusion.

— En dépit des charmes que Mesh avait tissés, la statue exerçait toujours son influence maléfique. Elle subjuguait les animaux, les humains, et les contraignait à agir selon sa volonté. Les gardiens décidèrent alors de la découper et d'en éparpiller les morceaux en divers endroits du monde. Ainsi, ils diviseraient sa puissance et l'empêcheraient de nuire à jamais.

— Mais je croyais la pierre de sang indestructible ! l'interrompit Violaine. Personne n'avait réussi à l'entamer.

— Effectivement, concéda Lavelanet. Rappelez-vous cependant l'étrange couteau offert par Azael, dont Habram avait usé pour en prélever un fragment. Mesh l'avait conservé. La légende raconte qu'au cours de l'opération, douze hommes moururent, étouffés par les essaims de mouches qui s'échappèrent de la roche. Une fois la statue morcelée, les gardiens se séparèrent afin de procéder à sa dispersion. Chaque groupe partirait pour une destination que les autres ignoreraient.

— Avez-vous pu reconstituer leurs parcours ? demanda Violaine avec espoir.

— Peu ou prou, admit Lavelanet. Quoi qu'il arrive sur cette terre, il y a toujours un individu qui raconte ou consigne par écrit ce qu'il a vu ou vécu. Par désir de sincérité, de vengeance, ou pour laisser une trace qui lui survive. En fouinant dans les bibliothèques de l'Ancien et du Nouveau Mondes, j'ai retrouvé ces traces, parfois insignifiantes. C'est l'œuvre d'une vie, croyez-le, et je n'en suis pas peu fier !

Il se renfonça dans son fauteuil et croisa les bras avec satisfaction.

— La première des cinq équipes, celle qui se chargeait du torse, gagna l'ouest et marcha en direction du soleil couchant. D'après les documents que j'ai consultés, les disciples de Mesh creusèrent un temple dans la montagne, en bordure de l'actuel Sahara occidental. Ils enfermèrent le fragment de statue dans deux sarcophages de bois où de puissants charmes avaient été gravés. Le temps passa. Un jour cependant, une maladie apportée par des mouches les frappa. La plupart moururent en l'espace de quelques semaines et les rares survivants décidèrent de fuir. Un seul choisit de rester. Un sorcier. Bien que très affaibli par la maladie, il provoqua, avant de rendre l'âme, un tremblement de terre qui ensevelit le sanctuaire sous une montagne de roches.

Le professeur Lavelanet marqua une pause et s'éclaircit la voix.

— La deuxième équipe, celle qui emportait les jambes, prit la mer à bord d'une galère en direction de la Crète. Une terrible tempête éclata pendant la traversée et le bateau sombra. Un membre de l'équipage survécut et raconta le naufrage. Il affirma que leur navire avait été ballotté par des vagues aussi hautes que des cèdres tandis que d'épais nuages de mouches s'abattaient sur les hommes. Dans la cale, des coups terrifiants retentissaient, comme si quelqu'un avait tenté de s'enfuir. On prit le naufragé pour un fou mais son récit fut consigné par un scribe friand d'aventures merveilleuses.

— Décidément, remarqua Violaine, tous ceux qui approchent de près ou de loin cette statue connaissent un destin tragique !

— N'est-ce pas ? s'égaya Lavelanet que l'évocation de ces morts violentes ne semblait pas perturber.

— La troisième et la quatrième équipes, reprit-il, celles qui se chargeaient des mains et des pieds, partirent en direction du nord et du sud. Je ne possède hélas aucune information sur ce qu'elles sont devenues. Reste la cinquième équipe. Et c'est là que notre odyssée devient très intéressante…

Le professeur s'interrompit.

— Mais peut-être souhaitez-vous que je vous offre une boisson avant de poursuivre ce passionnant entretien ?

Il paraissait s'amuser de leur impatience à connaître la fin de son histoire. Violaine et Quentin refusèrent et l'encouragèrent à terminer son récit.

— Le dernier fragment est la tête, comme vous vous en doutez. Selon les documents que je possède, elle aurait été transportée chez nous, en France.

— En France ! s'exclama Quentin.

Il se tourna vers Violaine qui affichait une mine aussi effarée que la sienne.

— Oui, en France ! exulta Lavelanet. Et par ces mêmes Templiers qui avaient rapporté la pierre de sang et le manuscrit ! Mais écoutez plutôt…

LE BAPHOMET

Lavelanet s'éclaircit la voix, leva les yeux au plafond, comme pour y chercher ses mots.

— Permettez-moi un bref rappel historique, sinon vous ne comprendriez pas les tenants et les aboutissants de cette histoire. À la fin du XIIIe et au début du XIVe siècle, les Templiers, de fameuse mémoire, suscitent bien des jalousies dans le royaume de France, et bien des convoitises ! L'Ordre est immensément riche. Imaginez qu'en 1257, il possède la bagatelle de trois mille quatre cent soixante-huit châteaux, forteresses et bâtiments divers un peu partout en Europe. Outre les terres qu'il fait fructifier, il finance la construction de nombreuses églises, se livre à des activités de banque, prête de l'argent aux puissants, gère la cassette royale. On spécule beaucoup sur les richesses qu'il a accumulées, le roi Philippe le Bel au premier chef, qui songe à s'en emparer. Les Templiers ont un glorieux passé de combat, mais depuis la chute de l'Empire latin d'Orient et celle de Saint-Jean-d'Acre en 1291 la donne a changé et les chevaliers du Temple survivants vivent repliés en France. Le pape Boniface VIII leur reproche d'avoir refusé sa proposition de fusionner avec un autre Ordre combattant, les Hospitaliers. Profitant de cette relative disgrâce, Philippe le Bel, qui a besoin d'argent, ordonne leur arrestation et confisque leurs biens.

Lavelanet marqua une pause, afin de laisser à ses interlocuteurs le temps d'assimiler cette avalanche d'informations.

— Selon différentes sources, reprit-il, le 12 octobre 1307, à la nuit noire, un convoi composé de trois chariots et d'une cinquantaine de chevaux quitte en hâte le Temple de Paris en direction du nord de la France. Seule une poignée d'hommes en armes l'escorte. Dans la capitale, on accorde peu d'attention à un si modeste équipage. En réalité, les hauts dignitaires de l'Ordre ont été avertis qu'une opération d'envergure les concernant a été organisée par le pouvoir royal et ils ont décidé de mettre leurs trésors en lieu sûr. Le convoi est conduit par trois chevaliers, Gérard de Villers, précepteur de France, Jean de Châlon et Ogier d'Olorance. Sur ce dernier, j'ai peu de renseignements, sinon qu'il a longtemps vécu en Orient et qu'il obéit aux ordres exclusifs du grand maître de l'Ordre, Jacques de Molay. On perd la trace du convoi et des Templiers dans le Vexin normand mais certains érudits supposent qu'ils ont rejoint l'Angleterre où ils ne sont pas persécutés et qu'ils y ont caché leur précieux chargement. Toujours est-il qu'au matin, quand les archers du roi conduits par Alain de Pareilles investissent le Temple de Paris, ils ne trouvent rien ! Le roi Philippe, qui pensait renflouer les caisses du royaume, en est pour ses frais. Les Templiers ont eu le temps de mettre à l'abri leur trésor mais aussi la statue du Baphomet !

– Le Baphomet! s'exclama Quentin. Qu'est-ce que c'est et quel rapport avec la tête de Baalzébuth?

– J'y viens, j'y viens, soyez patient, mon jeune ami! Le Baphomet est l'un des nombreux mystères qui entourent les Templiers et il ne manquera pas de réveiller en vous quelques souvenirs, j'en suis certain!

Quentin hocha la tête. Il aurait volontiers demandé au professeur Lavelanet de leur épargner ce luxe de détails. Il se tut cependant, redoutant de froisser son interlocuteur qui semblait ravi de distiller ses connaissances au goutte-à-goutte.

– Quelques mois passent. La plupart des Templiers ont été arrêtés et sont interrogés sans ménagement. On essaie de leur faire confesser d'inavouables secrets. En novembre 1307, deux frères sergents du Temple, interrogés à Carcassonne, parlent sous la torture d'une « figure baphométique »... expression mystérieuse s'il en est. Désormais, le mot est lancé et le Baphomet va occuper les esprits durant toute la durée du procès des Templiers. Pour le plus grand profit de leurs adversaires, Philippe le Bel au premier chef! D'autres inquisiteurs chargés d'interroger les moines soldats font bientôt savoir à Guillaume de Nogaret, qui a l'oreille du roi, que « les Templiers adorent une idole qui est en forme d'une tête d'homme avec une grosse barbe. Ils croient que cette idole fait croître les richesses, fleurir les arbres, germer les moissons, et rend le bétail fertile ». Et voilà nos braves Templiers accusés d'idolâtrie!

Lavelanet eut un geste désinvolte.

– Soit dit en passant, cette fantaisie est passible du bûcher! En octobre 1307, un Templier nommé frère Larchant jure avoir vu le Baphomet à Paris, et ajoute que ses frères « l'adoraient et l'appelaient leur Sauveur ». Il précise qu'il a été rapporté de Jérusalem en 1229, sur l'ordre de Pierre de Montaigu, grand maître à cette époque. Bientôt, d'autres parlent de l'idole. Elle est décrite, écoutez bien, sous la forme d'une énorme tête d'homme barbu et cornu, montée sur quatre pieds ! Quant à la matière qui la compose, les descriptions sont variées mais l'allusion à une pierre rouge sang, criblée de minuscules canaux, revient à plusieurs reprises.

Violaine et Quentin retinrent leur souffle. Ils n'avaient plus aucun doute concernant la divinité adorée par les Templiers : c'était la tête de Baalzébuth !

— D'où lui vient ce nom de Baphomet ? interrogea Violaine.

— Il existe diverses interprétations. La plus fréquente est la déformation de Mahomet. Mais vous connaissez l'annonce d'Azael à Habram, selon la légende : « Bientôt, il sera vivant et les essaims noirs jailliront de la bouche du Père pour annoncer son royaume éternel sur cette terre. » En arabe, la bouche du Père se dit « Ouba el Phoumet » ! Coïncidence étonnante, n'est-ce pas ?

Les deux sorciers l'écoutaient, muets de surprise. Lavelanet reprit :

— En fait, très peu de Templiers reconnaissaient l'avoir vue car elle était, selon les témoignages, rarement exposée. On la conservait dans un lieu retiré, recouverte d'un voile. Mais vous devinez que ces déclarations ont pesé lourd au moment du procès. En dépit des tortures qu'ils ont subies, le dernier grand maître des Templiers, Jacques de Molay, et le précepteur de Normandie, Geoffroy de Charnay, meurent brûlés sur le bûcher de l'îlot aux Juifs, le 18 mars 1314, à Paris, sans rien avoir révélé à leurs bourreaux. Ni à propos du trésor, ni à propos de leur mystérieuse idole. J'ajoute que nombre d'historiens considèrent le trésor et le Baphomet comme de pures élucubrations !

— Et vous ? l'interrogea Quentin.

— Moi ? Eh bien, la parenté de l'histoire du Baphomet avec celle de la pierre de sang m'a frappé ! Les Templiers ont longtemps vécu en Orient. Ils ont noué des liens privilégiés avec les populations locales, ils parlaient leurs langues, ils ont eu accès à des documents rarissimes par le biais d'intellectuels musulmans. Il est probable qu'ils sont parvenus à retrouver la tête cachée par Mesh le Babylonien et que, conscients de sa valeur, ils l'ont rapportée en France. Peut-être étaient-ils en quête des autres morceaux de la statue. La dissolution de l'Ordre a porté un coup fatal à leurs recherches. Vous souvenez-vous de votre remarque concernant le destin tragique de ceux qui croisent le chemin de la pierre de sang ou de la statue du Seigneur des Mouches ?

— Bien sûr, répondit la sorcière.

— Aucun des acteurs de ce drame ne connaît une fin heureuse ! Pensez que l'Ordre du Temple s'effondre, que ses membres sont torturés et exécutés, qu'avant de rendre l'âme Jacques de Molay maudit le pape Clément V, Philippe le Bel et Guillaume de Nogaret, qui meurent tous trois l'année qui suit.

Violaine avait les yeux perdus dans le vague. Elle demanda à brûle-pourpoint :

— Avez-vous appris où les Templiers ont découvert cette tête ?

– Non. La plupart des archives du Temple ont été saisies ou ont disparu. Je suppose que les documents qui concernaient le Baphomet ont été cachés ou détruits. En revanche...

Le professeur Lavelanet s'interrompit et guetta l'effet de ses paroles sur le visage de ses interlocuteurs.

– En revanche, reprit-il en levant l'index, je pense savoir où elle se trouve!

UN RICHE PASSAGER

Port d'Agana, île de Guam, Micronésie

Le capitaine Mekere Somata terminait un excellent repas composé d'ignames et de cochon sauvage en sauce. Il but une large rasade de vin et s'essuya la bouche du dos de la main.

La chaleur était étouffante et prendre la mer serait un plaisir après ces huit jours de canicule. L'étranger voulait partir le lendemain matin, mais Somata avait prétexté un problème mécanique pour obtenir une rallonge.

— Avec de l'argent, on pourrait réparer très vite et partir après-demain.

Le garçon était jeune, ce qui ne l'avait pas empêché de tirer de la sacoche qui pendait à son épaule une liasse comme Somata n'en avait jamais vu et de lui remettre la somme demandée en coupures de cent dollars, sans chercher à négocier. Impressionné, le capitaine avait empoché les billets neufs et craquants puis il avait empoigné la main de son client pour la secouer.

— Ce bateau est à vous ! s'était-il exclamé, étonné par la facilité avec laquelle la transaction avait eu lieu.

Ou cet étranger était stupide, ou il était si riche que l'argent ne signifiait rien pour lui.

— Puissiez-vous ne pas le regretter ! lui avait répondu son interlocuteur en lui jetant un regard malicieux. À propos, j'oubliais : un de mes amis nous rejoindra demain matin. Cela vous pose-t-il un problème ?

Le capitaine avait repoussé sa casquette en arrière et gratté son crâne chauve.

— Pas de problème, bien sûr ! Mais vous comprenez que je serai obligé de vous demander un supplément.

Le jeune touriste s'était contenté d'un signe de tête. Il avait compté vingt billets de cent dollars qu'il lui avait tendus, comme indifférent à l'énormité de la somme.

*

Somata lâcha un rot de contentement. Son passager ne lui avait rien demandé d'autre que de gagner la fosse des Mariannes, à la verticale de l'endroit le plus profond, et d'y stationner une nuit entière. C'était bien des idées d'Européen ! Ensuite, retour au bercail ! De l'argent vite gagné et sans efforts particuliers. Et s'il manœuvrait habilement, il pourrait encore obtenir quelques billets supplémentaires.

Un rire fit tressauter sa volumineuse carcasse. Ce n'est pas pour rien qu'on l'appelait le filou dans tous les ports où il passait. Il n'avait pas son pareil pour délester ses passagers de l'argent qu'ils possédaient, et cela, dans la plupart des cas, sans user de la moindre violence. Il était parfois arrivé que les choses prennent une tournure qu'il n'avait pas souhaitée mais il avait toujours agi avec suffisamment de discrétion pour que les autorités ne se mêlent pas de ses affaires.

Il vida son verre d'un trait et le remplit de nouveau. Pour l'heure, il était attablé dans un excellent restaurant situé à la périphérie du port d'Agana, non loin des marais. Il adorait y manger, surtout le soir, quand un concert de cris d'oiseaux emplissait les sagoutiers et les mangroves et que les odeurs de crustacés, de poissons grillés et d'épices saturaient l'air tiède et poisseux. Il tapota son ventre et poussa un soupir de bonheur. Ça c'était vivre !

Somata acheva sa bouteille, laissa un pourboire généreux en sus de la note et gagna le quai où son chalutier était amarré. Depuis qu'il s'était reconverti dans le convoyage des touristes, il travaillait moins et vivait mieux. La Micronésie n'était pas une destination très courue, pourtant, d'un mois sur l'autre, il trouvait toujours des clients occidentaux au porte-monnaie bien garni.

D'un pas titubant, il emprunta la passerelle, salua distraitement le matelot de veille, se rendit dans sa cabine et s'écroula sur sa couchette. D'habitude, il n'avait aucune difficulté à trouver le sommeil, surtout après un bon repas arrosé, mais là…

Une idée lui avait traversé l'esprit. Une idée expéditive. Sans doute était-ce l'énorme liasse de billets que ce garçon transportait qui l'avait suscitée.

Combien avait-il sur lui ? Plusieurs milliers de dollars certainement. Et peut-être encore plus dans ses bagages. Si son ami était aussi riche, l'affaire serait fructueuse. Qui saurait que ces étrangers étaient montés à bord de son navire ? Personne ne les avait vus ensemble et ils embarqueraient le surlendemain aux premières lueurs de l'aube. Ensuite… Dix marins contre deux Européens : ils ne feraient pas le poids et les eaux du Pacifique étaient assez profondes pour effacer toute trace de leur passage.

Au moment de s'endormir, Somata pensa que le jeune étranger avait volontairement agité ses liasses de dollars sous son nez, comme pour le tenter.

Il n'eut pas le temps d'approfondir cette étrange idée et glissa dans une épaisse torpeur.

ET IN ARCADIA EGO

— Vous êtes sérieux ? Vous savez où se trouve la tête du Baphomet ?

Violaine peinait à contrôler sa nervosité. Lavelanet agita sa crinière blanche de manière théâtrale.

— Plus que sérieux, madame de Varonnet ! Avez-vous entendu parler de l'affaire du château de Gizay et de son gardien, Camille Fradin ?

— Non, répondirent en chœur Violaine et Quentin.

— Ce n'est guère étonnant. Elle a agité le Landerneau des historiens il y a une quarantaine d'années mais elle est bien oubliée aujourd'hui. Le château de Gizay est une ancienne forteresse normande dont les Templiers ont assuré la garde pendant plus d'un siècle. De nombreuses légendes locales font état d'un fabuleux trésor qu'ils y auraient dissimulé. En 1941, le gardien du château de Gizay, Camille Fradin, décide, sans en faire part à quiconque, d'entamer ses propres recherches. C'est un individu taciturne, fruste, mais doué d'une opiniâtreté peu commune. Comme c'est la guerre, personne ne se déplace jusqu'au château et il va bénéficier de conditions idéales pour mener à terme sa tâche solitaire. Il commence par creuser une galerie sous les murs d'enceinte qui le conduit, après des mois de travail acharné, trente mètres sous terre. Sans résultats notables. Fradin délimite une nouvelle zone de fouilles et creuse cette fois à la verticale de la chapelle. Après être descendu à plus de neuf mètres, il découvre une petite salle de deux mètres sur trois. Hélas, elle est vide. Ne se décourageant pas, il entame une campagne du côté du donjon. Cette fois, ses efforts sont récompensés. Fradin descend jusqu'à une profondeur de quinze mètres puis, sans pouvoir expliquer la raison de son geste, il repart à l'horizontale, en direction de l'est. Au bout de huit mètres, il se heurte à un épais mur de moellons. Il l'attaque à la barre à mine et dégage une ouverture suffisante pour s'y glisser.

Le professeur se leva, fouilla dans son invraisemblable bibliothèque et en revint avec un ouvrage écorné.

– Mais je vais plutôt vous lire le témoignage de Fradin lui-même : « J'ai failli en laisser tomber ma lampe à pétrole. La salle baignait dans une lumière verte qui venait de nulle part. J'ai compris que j'avais débouché dans une chapelle romane. Elle mesurait facilement dix mètres de large sur trente de long. La hauteur devait être de quatre à cinq mètres minimum. Le long des parois, il y avait des colonnes sculptées avec des chapiteaux ornés de feuilles et d'animaux.

Je me suis avancé et j'ai vu un autel. Au moins le double de celui de notre église. Derrière, il y avait un tabernacle de bois. Je me suis approché et j'ai vu des coffres en métal rangés contre les murs, une bonne trentaine.

Les cinq premiers étaient ouverts mais vides. J'ai voulu faire sauter le couvercle du sixième : il était ferré, riveté et soudé au plomb et je n'avais pas les outils appropriés. Alors, j'ai fait le tour des lieux. Au fond, à l'emplacement de l'abside, quelque chose était caché par une grosse toile.

Je l'ai retirée. C'était une tête de statue. Elle représentait un homme barbu avec un air méchant et des cornes sur la tête. J'ai vite remis la toile en place parce que, pour la première fois depuis que j'étais entré, j'avais peur. C'était pas rassurant, cette figure de diable dans une chapelle.

Le lendemain, je suis allé à la mairie de Gizay pour faire une déclaration. Je ne pouvais pas garder ça pour moi ! On est revenus avec le maire, monsieur Bonfils, le capitaine des gendarmes, Duteille, le docteur Laval et plusieurs notables. Seul Duteille a accepté de descendre mais quand nous nous sommes engagés dans la galerie horizontale, comme je ne l'avais pas suffisamment étayée, elle s'est effondrée.

On s'en est sortis par miracle et le maire a décidé de combler le conduit que j'avais percé sous prétexte que c'était dangereux. De toute façon, j'ai bien vu que personne ne me croyait. Le docteur Laval m'a même traité de mythomane. »

Lavelanet referma le livre et se tut, comme en attente des réactions de son auditoire.

— Et personne n'a relancé une campagne de fouilles ? interrogea Quentin.

— Si, répondit le professeur avec un sourire ironique. Après la guerre, sur ordre des autorités, un régiment du génie s'est rendu au château et a creusé avec tellement d'ardeur que les fondations du donjon ont été fragilisées. Il a fallu interrompre les travaux en catastrophe et stabiliser l'édifice en coulant des tonnes de béton dans le sous-sol. Le dossier a été classé. Comme Fradin taquinait la bouteille, et qu'il avait insisté sur le fait que la chapelle était éclairée alors que personne ne pouvait y être entré depuis plusieurs centaines d'années, on a commencé à répéter que sa prétendue découverte était née des brumes de l'alcool. Le pauvre homme a perdu son emploi et, après une brève célébrité due à l'ouvrage qu'un journaliste parisien lui a consacré, il est mort dans l'oubli le plus total.

— La tête de la statue de Baalzébuth serait donc toujours cachée sous le château de Gizay, conclut Violaine.

— C'est ce qu'on est en droit de supposer ! Et sans doute pour longtemps encore, car il est peu probable qu'on le rase pour explorer la motte sur laquelle il a été construit. Vous intéresserait-il de voir à quoi ressemble cette forteresse ? J'en possède des photos ainsi que la reproduction d'une toile, *Le tombeau*, que le peintre anglais Rossetti[1] a peinte en 1881, un an avant sa mort. Comme beaucoup d'artistes de son époque, il était passionné par les sciences occultes, les récits insolites. La réputation du château avait dû parvenir jusqu'à lui.

Lavelanet s'absenta et revint avec une enveloppe et un épais livre d'art. Violaine et Quentin se penchèrent sur les documents. Les photos, mal cadrées, montraient une forteresse grisâtre aux murs recouverts de lierre. Rossetti avait choisi de représenter la forteresse vue de la vallée.

---

1. Rossetti (Dante Gabriel, 1828-1882), peintre et poète anglais, l'un des fondateurs du préraphaélisme.

Au premier plan, il avait figuré un temple grec en réduction, enfoui dans la verdure et, sur les hauteurs, les murailles lézardées de la citadelle surmontées par le donjon. L'artiste avait donné à la pierre une couleur crayeuse qui tranchait avec le vert exubérant de la végétation et celle, onctueuse, du marbre.

Lavelanet posa son doigt sur l'édifice incongru que Rossetti avait peint.

— Comme l'indique le titre du tableau, c'est sans aucun doute une tombe. Avez-vous remarqué, mes amis, l'inscription gravée sur son fronton? L'auteur fait référence au célèbre tableau de Nicolas Poussin[1] : *Les bergers d'Arcadie.*

Quentin lut :

— *Et in Arcadia ego.*

Il traduisit aussitôt :

— Même en Arcadie, j'existe.

— Bravo! approuva Lavelanet qui répéta avec gourmandise : Même en Arcadie, j'existe. Paroles de la mort, qui rappellent aux vivants son omniprésence, y compris dans les contrées les plus heureuses.

Le professeur chercha les yeux de ses interlocuteurs.

— Savez-vous, mes amis, qu'une lecture cryptographique – et ésotérique bien sûr! – de cette phrase permet de recomposer, en modifiant l'ordre des lettres, l'anagramme suivante : *I tego arcana dei.* Comment la traduiriez-vous, brillant jeune homme?

Quentin répondit sans hésiter :

— Va! Je recèle les secrets de Dieu.

— Bravo! jubila Lavelanet.

— Et qu'est-ce que cela signifie? demanda Violaine.

1. Poussin Nicolas (1594-1665), peintre français.

Lavelanet s'abîma dans la contemplation de la sépulture et tapota l'inscription de l'index.

– Je me suis évidemment posé la question. Pour les Anciens, le monde, les textes, sont semblables à un oignon. Chaque feuille que l'on retire rapproche un peu plus du bourgeon central, qui symbolise la connaissance. Quant à savoir ce qu'est le bourgeon mystérieux dissimulé par cette formule... Ni Poussin ni Rossetti ne sont hélas ici pour nous le révéler.

PROJET DE VOYAGE

De sa fenêtre, le professeur Lavelanet observa ses visiteurs jusqu'à ce qu'ils aient tourné au coin de la rue puis il passa dans le salon. Sur le canapé, un garçon mince et pâle était allongé.

— Tout s'est passé comme tu le souhaitais ? demanda-t-il.

L'historien acquiesça. Il s'assit dans un fauteuil, posa les mains sur les accoudoirs et baissa les paupières. Un tremblement parcourut ses membres et une écume blanche monta à ses lèvres. Soudain, il poussa un cri rauque.

Son interlocuteur ne bougea pas, peu impressionné par la crise de convulsions qui agitait Lavelanet. Haletant, l'historien se tétanisa et ouvrit la bouche pour chercher de l'air. Sa silhouette mince parut alors se dédoubler et une sorte d'ectoplasme s'arracha à lui dans un chuintement mou. Le corps du vieil homme se recroquevilla sur son siège tandis qu'Anne se matérialisait à un mètre de lui.

— Ces deux naïfs ne se sont doutés de rien. Identifier un possédé est presque impossible si celui qui s'en est emparé ne le souhaite pas. Je me suis contentée de laisser parler ce brave professeur Lavelanet, tout en l'empêchant de préciser qu'il nous avait rencontrés hier et régalés du même récit.

La jeune fille observa le vieillard inconscient.

— Il ne se souviendra de rien à son réveil, ni de leur passage ni du nôtre. Je vais attendre Violaine et Quentin à Gizay ! Ce sera un plaisir de les y accueillir ! Tu m'accompagnes ?

Les traits de Simon s'assombrirent.

— Azael m'est apparu pendant que tu étais avec Violaine et Quentin. Je dois le rejoindre. Il veut que je l'accompagne pour récupérer les jambes de la statue.

— Voilà une excellente nouvelle ! jubila Anne. Dis-lui que sous peu nous aurons la tête. Les temps sont proches !

— Oui, les temps sont proches, répéta son compagnon sans enthousiasme.

À cet instant, un bourdonnement emplit la pièce. Le corps de Simon devint translucide et s'effaça.

Anne contempla une dernière fois la forme prostrée du professeur Lavelanet puis elle sortit de l'appartement. Dans la rue, c'était grand soleil. Elle en apprécia la caresse sur la peau de son visage et tendit les bras au ciel.

Personne à l'horizon. Anne se changea en chauve-souris et s'envola à tire-d'aile vers le nord. Il fallait préparer l'arrivée de ses visiteurs à Gizay.

Revoir Quentin était son vœu le plus cher.

LA CAVE

Assise à la table de petit déjeuner, Jeanne se murait dans un silence douloureux. Elle s'était installée près de Claire qui s'ingéniait à lui trouver des occupations, mais rien ne parvenait à apaiser son inquiétude.

Une fois de plus, la nuit précédente, elle avait entendu Nicolas l'appeler au secours. Sa voix résonnait dans une nuit profonde qu'elle ne parvenait pas à percer. Puis une lumière rouge l'avait éblouie et elle avait senti ses pieds s'enfoncer dans le sable. L'odeur chaude et épicée avait empli ses narines. Elle avait aperçu son fils au loin, errant dans ce désert écarlate qui la hantait depuis sa disparition. Alors, elle s'était mise en marche pour le rejoindre.

Chacun de ses pas était une épreuve. Ses pieds brûlaient, la soif la torturait, mais elle endurait ces tourments sans fléchir.

Enfin, elle était arrivée près de lui. Il était adossé au parallélépipède de roche rouge qu'elle avait déjà vu en rêve et tenait sa tête entre ses mains. Elle avait voulu caresser ses cheveux et senti sous ses doigts le contact rugueux de la pierre.

Un hurlement d'horreur lui avait échappé. Elle s'était réveillée, épuisée.

— Qu'est-ce que tu as, tu es toute pâle ?

Jeanne leva vers sa sœur un regard las :

— Rien, ne t'inquiète pas. J'ai juste besoin de me reposer.

— Laisse-moi débarrasser la table et va t'allonger.

Jeanne se dirigeait vers le salon quand un cri la figea.

— *Maman !*

Dans le couloir, il n'y avait personne. Non, la voix avait résonné en elle. Son front se couvrit de sueur et elle s'adossa au mur, redoutant de succomber à un malaise. Était-elle victime d'hallucinations ?

À sa gauche se trouvait la porte de la cave. Poussée par une force qui la dépassait, Jeanne l'ouvrit et pressa l'interrupteur. La lumière jaunâtre sur les parois de pierre lui arracha un frisson.

Pourtant, elle descendit.

Quelqu'un l'attendait. Quelqu'un qui avait besoin d'elle.

☿

Lorsqu'elle parvint au bas des marches, Jeanne s'immobilisa. Ce n'était pas prudent de venir seule ici. Elle allait tourner les talons mais l'image du désert rouge se superposa à celle de la cave. Jeanne crut sentir des rafales brûlantes sur sa peau et ses pieds s'enfoncer dans le sable.

Et puis, il y avait l'odeur, celle de son rêve. Une odeur lourde et tiède. Épicée.

Tout s'efface.

Désemparée, elle cligne des yeux et se dirige d'un pas de somnambule vers le laboratoire. La pièce est vide et le sol, débarrassé des mouches que les gendarmes y ont trouvé, aussi lisse que si on l'avait poncé. Pourtant, elle en est certaine, quand elle y a rejoint ses fils une dizaine de dalles étaient sculptées de motifs cabalistiques.

La pierre centrale, gravée d'un visage humain, l'attire comme un aimant.

Elle incline la tête et ses yeux s'écarquillent.

Jeanne, épouvantée, pose la main sur sa bouche et étouffe un hurlement.

TABLE DES MATIÈRES

Les Revenants

Une tétralogie fantastique de Jean Molla

Tome 1

LE SORT D'ÉTERNITÉ

Tome 2

LA TENTATION DE L'OMBRE

Tome 3

à paraître à l'automne 2007

Tome 4

à paraître en 2008

Retrouvez

Les Revenants

sur le site :

www.rageot.fr

L'AUTEUR

Jean Molla est né à Oujda, au Maroc, en 1958. Il a d'abord fait le désespoir de ses parents en se livrant à diverses activités saugrenues (apiculteur, professeur de guitare classique, guide de musée).

Aujourd'hui, il habite Poitiers et partage équitablement son temps entre son fils, ses activités de professeur de français, la lecture, la musique, les amis et, quand il lui reste un peu de temps, l'écriture.

Il aime particulièrement les ambiances noires et écrire des romans aux personnages forts, comme *Coupable idéal* pour Rageot, *Djamila, Sobibor* ou *Que Justice soit faite* pour Gallimard et Grasset Jeunesse.

L'ILLUSTRATEUR

Originaire de Provence, **Vincent Dutrait** a étudié l'illustration à l'école Émile-Cohl de Lyon avant de travailler pour la presse et de collaborer à de nombreux livres jeunesse pour des éditeurs français et étrangers. Parallèlement, il a enseigné l'art de la bande dessinée à l'école Émile-Cohl pendant quatre ans.
Influencé par les œuvres des peintres américains du début du siècle dernier, cet amateur de pêche et de musique est fasciné par la littérature fantastique, le cinéma, les voyages. Il vit à Séoul, en Corée du Sud, avec son épouse et leur fille. La découverte de ce pays l'inspire et nourrit son imaginaire...

Impression réalisée sur CAMERON par

La Flèche

*pour le compte des Éditions Rageot
en mai 2007*

Imprimé en France
Dépôt légal : mai 2007
N° d'édition : 4534
N° d'impression : 41604